Malena

Ein Hauch von Hölle

Eine infernalische Komödie

ALEX MILLER
more than you expect

Malena:

Meine Familie ist kompliziert. Jeder hat krasse Erwartungen an mich. Ich soll in Papas Geschäft einsteigen. Verstehen Sie mich nicht falsch, das ist eigentlich genau mein Ding. Doch ich will mehr, meine menschliche Seite entdecken, mich verlieben, die ganze rosa Packung. Mit Gabriel, meinem Engel.

Ein echtes Dilemma, denn wahre Liebe und freier Wille sind nichts für den Chef der Hölle. Deshalb hat er mir Mr Darcy auf den Hals gehetzt, einen zugegebenermaßen recht stattlichen Dämon.

Und als wäre mein Leben nicht schon kompliziert genug, will meine Mutter jetzt auch noch heiraten und Luzifer hat sich selbst zur Hochzeit eingeladen. Halleluja! Verstehen Sie? Ich bin Malena, die Tochter des Teufels, und das kotzt mich so richtig an.

Für Sarah, die mir ein Stück vom Himmel schenkte.

»Ich bin der Geist, der stets verneint!
Und das mit Recht; denn alles, was entsteht,
Ist wert, dass es zugrunde geht;
Drum besser wär's, dass nichts entstünde.
So ist denn alles, was ihr Sünde, Zerstörung, kurz
das Böse nennt,
Mein eigentliches Element.«

Mephistopheles aus Goethes Faust

»Vergebens habe ich dagegen angekämpft. Es geht einfach nicht. Meine Gefühle lassen sich nicht unterdrücken. Sie müssen mir gestatten, Ihnen zu sagen, wie glühend ich Sie verehre und liebe.«

Aus Stolz und Vorurteil von Jane Austen

Vorspiel

Ach neige,
Du Schmerzenreiche,
Dein Antlitz gnädig meiner Not!
Vers 3587 ff./Gretchen (Goethes Faust)

Versuchen Sie jetzt nicht, an einen rosa Elefanten zu denken, ernsthaft, versuchen Sie es! Und? Genau. Obwohl ich Ihnen quasi verboten habe, an ein rundes rosafarbenes Tier mit großen Ohren und einem langen Phallussymbol zu denken, trabt es nun trotzdem, natürlich individuell in Form und Farbe, durch Ihren Kopf. Jetzt glauben Sie sicherlich, Sie seien etwas Besonderes und die Ausnahme der Regel. Kann schon sein. Wahrscheinlicher ist allerdings, dass Sie sich jetzt einen roten oder blauen Elefanten vorstellen und sehr glücklich darüber sind, dass es geklappt hat. Gratulation! Sie haben aber schon bemerkt, dass die Sau in Form eines rosa Elefanten bereits durch Ihr persönliches Dorf getrieben wurde? Schöne Scheiße, denken Sie jetzt vielleicht, und Sie haben vollkommen recht.

Ich stehe mit meinen neuen schwarzen Timberlands in der Matschepampe und stelle fest, dass diverse Überreste des geplatzten Individuums wie ein geschmolzenes Bonbon zäh an meinen Stiefeln kleben. Einem kindlichen Impuls folgend rühre ich mit der Schuhspitze in dem Glibberzeug. Was ist das? Fick die Henne, ich wusste es! Solche Titten können nicht echt sein. Ich kichere meine Genugtuung in die Nacht hinaus und beobachte ein voluminöses Brustimplantat, das unter meinem Schuh hin und her wippt. In Konsistenz und Bewegung erinnert es an Wackelpudding. Das zweite Silikonimplantat ist noch perfekt mit Haut überzogen, sogar die Brustwarze steht keck nach oben. Sieht so aus, als hätte sich Amanda sehr auf Gabriel gefreut.

Sein perfektes Gesicht mit dem strahlenden Lächeln taucht vor meinem inneren Auge auf und damit mein schlechtes Gewissen.

Oh Mann, ich wollte das nicht. Irgendwas ist da gehörig schiefgelaufen.

Ich schaue nach rechts und links, gibt es Zeugen? Nein, niemand da. Amanda ist Geschichte, da kann ich nichts mehr machen. Sie wurde von meinem rosa Elefanten mit voller Wucht getroffen, ihr Blondschopf ist geplatzt wie eine reife Wassermelone. Ich kann ein Auge entdecken und bin überrascht, wie lang so ein Sehnerv ist. Ansonsten ist an der armen Amanda nichts mehr da, wo es hingehört.

Dabei wollte ich nur mit ihr sprechen, dieser dummen Tussi ein Angebot unterbreiten ... Denn Gabriel gehört zu mir, und ich lasse nicht zu, dass ihn mir jemand wegnimmt. Nein! Keine billige Baywatch-Imitation mit dem IQ eines Weißbrots könnte daran etwas ändern. Niemand möchte, dass ein fremder Pudel in den eigenen Garten kackt, nicht mehr und nicht weniger.

Also bin ich Amanda nachgegangen, das Klappern ihrer Pumps war gut zu hören. An einer stillen Ecke holte ich auf und sprach sie an. Alles völlig entspannt. Schließlich absolviere ich täglich meine Yoga-Übungen und trinke Melissentee, was beruhigend auf meine Stimmung wirkt.

Ich war SO gut vorbereitet, SO ausgeglichen, war SO sicher, dass ich auf dem richtigen Weg war und stellte mich nun also an dieser stillen Ecke meinem Objekt des Mitleids in den Weg.

Amanda sprang quiekend zu Seite. Diese blöde Kuh! Als sie sah, dass es eine Frau war, die sie ansprach, wurde sie ruhiger und mutiger. Mit aufsteigender Arroganz fand sie zu ihrem zickigen Verhalten zurück. »Hast du mich erschreckt! Was willst du von mir?« Ihre Stimme hüpfte dann aber doch eine Oktave nach oben, als sie mir in die Augen sah.

Lässig trat ich an sie heran und flüsterte: »Du hast eine Verabredung mit Gabriel?«

»Na und? Warum willst du das wissen?«

»DU solltest wissen, dass Gabriel zu mir gehört. Ich habe eine bessere Idee, wie du deinen Abend verbringen kannst.« Ich verlieh meiner Stimme einen drohenden Unterton, der sich wie das Brummen einer wütenden Wespenfamilie durch ihre Gehirnwindungen fraß. Ängstlich riss sie die Augen auf, in denen ich einen

Funken Neugier entdeckte. Also griff ich behutsam in meine Jackentasche, um das Flugticket herauszuholen, doch diese blöde Gans kreischte so laut, als hätte ich ihr gerade in den Schritt gefasst.

»Hilfe! Sie hat eine Waffe!«

Das konnte ja wohl nicht wahr sein! Jetzt rannte dieses nichtsnutzige Weib in die entgegengesetzte Richtung. Mann, ging mir dieses dämliche Ding auf den Wecker.

»Bleib stehen! Komm zurück!«, brüllte ich ihr nach. Das funktionierte immer, Papa sei Dank. Als wäre sie gegen eine unsichtbare Wand gerannt, stoppte sie und wandte sich zu mir. Ihr Kopf drehte sich zuerst in meine Richtung. Bevor ihre Wirbelsäule dem Druck nicht mehr standhalten konnte und brechen würde, zog der Körper widerwillig nach.

Oh ja, Amanda wehrte sich, ihr Wille war stark, das hätte ich gar nicht vermutet. Ihr Kreischen wurde zu einem Wimmern, als sich ein Blutschwall aus ihrer Nase über ihr opulentes Dekolleté ergoss. Lustig war das bestimmt nicht. Je mehr sie sich sträubte, meiner Aufforderung Folge zu leisten, desto schmerzhafter wurde es für sie. Letztendlich konnte sie mir nicht widerstehen und ging hölzern wie eine Marionette, die von einem ungeschickten Puppenspieler geführt wurde, auf mich zu. Tränen liefen über ihr trotziges Gesicht. Sie wusste nicht, was mit ihr passierte, wer oder was sie zwang, ihren ausladenden Hintern in meine Richtung zu schieben.

»Wer bist du? Was machst du mit mir? Das ist nicht richtig!« Sie quakte wie ein Frosch, der gerade in den Arsch gefickt wurde und sich darüber wunderte, was da alles reinpasst.

»Das tut nichts zur Sache, wer ich bin, Schätzchen. Es passiert dir nichts, wenn du dich endlich beruhigst. Atme tief durch und stell dir etwas Schönes vor!« Während sie blutend und verwirrt auf mich zutrabte, hegte ich die Hoffnung, sie an meinen positiven Yoga-Erfahrungen teilhaben lassen.

Es gelang mir nicht.

Sie schüttelte panisch den Kopf und starrte mich ungläubig an: »Hast du noch alle Tassen im Schrank? Mir geschieht nichts? Du machst so ein Magiedings mit mir, du Freak! Ich blute! Siehst du? Ich blute aus der Nase! Was soll ich mir Schönes vorstellen? Deinen Tod, du dumme Schlampe?«

Sie geiferte wie ein wildes Tier, schlug sich dann aber die Hände vors Gesicht, als die Schmerzen größer wurden, und schluchzte: »Es tut mir leid. Tu mir nichts, bitte! Mein Gott, wer bist du?«

Was hatte Gott damit zu tun? Warum konnte diese blöde Kuh nicht einfach das Flugticket nehmen und aus meinem Leben verschwinden? Mein Angebot war doch super. Ein One-Way-Ticket an den Arsch der Welt. Erste Klasse! Aber nein, die Tussi machte erst einen auf Jeanne d'Arc und heulte nun rum wie ein kleines Mädchen. Die Gute litt offensichtlich an einer gespaltenen

Persönlichkeit. Nichts für meinen Gabriel. Ganz eindeutig!

Ich roch ihre Angst. Zum sanften Duft ihrer Haut gesellte sich die Erinnerung an den Geruch eines weiten Strandes, der sich am frühen Morgen schlaftrunken von sanften Wellen liebkosen lässt. Ja, so roch diese Amanda. Die Ausdünstungen eines Menschen sind ein individuelles Parfüm, einzigartig und unvergesslich, wenn ich sie einmal wahrgenommen habe. Ein Attribut der Jägerin in mir. Auch dafür herzlichen Dank, Papa! Ich hätte die süße Amanda überall finden können, ihr Angstduft war exquisit und ich überlegte einen Moment, sie zu verschonen, vielleicht zu verführen, verwarf den Gedanken dann aber sofort wieder.

»Du hast nichts zu befürchten. Ich werde dich gehen lassen.« Na ja, so ganz stimmte das nicht. Angewidert rümpfte ich die Nase und schüttelte jene Erinnerungen von mir ab, an die ich weniger gern dachte. An Gliedmaßen, die sich nicht an der von der Schöpfung vorgesehenen Stelle befinden, kurzum an Fehler, die ich begangen hatte. Aber Fehler macht der Mensch schließlich, auch wenn ich zur Hälfte ein Kind der Hölle bin und meine Ausrutscher ... nun, wenig appetitlich sind.

Ich rümpfte also die Nase, weil da dieser Gestank war, der immer dann auftritt, wenn ich mich nicht ganz an die Wahrheit halte. Ebenfalls ein Geschenk meines Vaters, das wohl etwas mit Persönlichkeitsbildung zu tun hat. Eine sinnliche Warnung, wie sie sich wahrscheinlich nur der Teufel höchstpersönlich ausdenken kann. Furzen als

Erziehungsmethode, pädagogisch gesehen unbedingt als wertvoll einzustufen! Tja, mit meiner Familie ist es nicht einfach.

Amanda stand gebeugt vor mir und sah wahrlich hässlich aus. Meine Irritation, was die aufkeimende Sympathie für sie anging, war verschwunden. Die Kombination aus Scheißtag und der bloßen Anwesenheit dieses dämlichen blonden Miststücks, das von meinem Freund gefickt werden wollte, ließ meine Laune mit Schallgeschwindigkeit in die Hölle stürzen.

»Können wir jetzt reden?« Ich war sauer, die Wut stieg in mir hoch wie kochende Milch. Mit zusammengekniffenen Augen musterte ich jene Frau, die mir den Kerl ausspannen wollte und nun schlotternd vor mir stand. »Ich habe keine Ahnung, was er an dir findet. Du bist blond und billig, dabei mag mein Gabriel dunkelhaarige Frauen wie mich.«

»Was? Dich? Ich verstehe kein Wort? Er hat nie von dir erzählt. Aber, warte mal ...«, ihre Augen weiteten sich, was sie komplett verblödet aussehen ließ, »... ich kenne dich doch!« Jetzt rümpfte sie die Nase, als ihr mein Lügenresultat ins Gesicht stieg. »Was stinkt hier eigentlich so? Das ist ja ekelhaft!« Sie würgte und sah aus, als würde sie gleich kotzen.

»Schnauze!«

Ich hielt dem Impuls stand, mein Cap über die Augen zu ziehen. Nein, das hatte ich nicht nötig. Fräulein Doppel-D würde niemals darauf kommen, wo sie mich schon einmal gesehen hatte. Ich war eine Meisterin der Tarnung und stolz darauf.

»Du arbeitest in der Bücherei, richtig? Du bist die Tante, die die Bücher in die Regale einräumt!« Amanda musterte mich geringschätzig und vergaß dabei verflucht noch eins ihre Angst. Jetzt reichte es mir aber wirklich. Ich bin nicht ausschließlich für die Regale zuständig, ich bediene auch den Computer. Aber das spielte jetzt überhaupt keine Rolle, verdammt! Wie war Barbie darauf gekommen? Wer zum Henker hatte ihr verraten, dass ich ... Was fiel ihr ein, so mit mir zu sprechen? Sie wusste einen Scheiß über mich!

»Natürlich redet Gabriel nicht mit dir über uns. Wer bist du schon?«

Amanda lachte, obwohl ihr immer noch Blut aus der Nase tropfte. »Du denkst, du bist mit ihm zusammen? Du Irre!«

»Sei vorsichtig, Blondie!«

»Er weiß gar nicht, wer du bist. Gabriel ist mit mir zusammen, mich fickt er.« Sie hielt die Luft an und schlug sich schon zum zweiten Mal die flache Hand vor den Mund. Da war die Klappe schneller als der Verstand, ein dummer Fehler! Wir sahen uns eine gefühlte Ewigkeit in die Augen, ich schickte ihr das eine oder andere Bild in High-Definition-Auflösung, einen kurzen und knackigen Lebenslauf meiner Person, Beruf des Vaters, Hobbys ... Mit meinem Blick hielt ich sie aufrecht, sonst wäre sie sicherlich vor Schreck umgefallen wie ein Müllsack. Auf ihrer Jeans breitete sich ein dunkler Fleck aus, die süße

Amanda pinkelte sich tatsächlich in die Hose. Nun, damit war der Abend für sie gelaufen. Und nicht nur der.

»Fick dich«, stöhnte sie und dann schlug die Wut wie eine Welle über mir zusammen. Ich stellte mir vor, wirklich nur für einen klitzekleinen Augenblick, wie ihr Gesicht explodierte. Nun ja, und diese Kombination aus Wunsch und Wut kostete Amanda dann schließlich das Leben.

Mea culpa! Hach, shit happens!

Weder die Yoga-Übungen noch der Melissentee hatten Wirkung gezeigt, im Grunde sogar völlig versagt. Dabei will ich doch ein guter Mensch sein, und gute Menschen bringen keine anderen Menschen zum Explodieren, auch wenn die es verdient haben sollten.

Hm, sorry. Ist irgendwie schiefgegangen.

Ich trete vorsichtig aus Amandas dampfendem Fleischbrei. Es stinkt gewaltig. Einer der Gründe, weshalb ich Vegetarier bin, ich stehe nicht auf totes Fleisch. Angewidert schüttle ich meine guten Timberlands. Die Stiefel kann ich wohl wegschmeißen.

Schon schade!

Gabriel hat eine Partnerin verdient, die eine Stütze der Gesellschaft ist. Eine Frau, die mit beiden Beinen fest im Leben steht und keine Menschen einfach so platzen lässt. Die Sache mit Amanda war eine Ausnahme und wird eine bleiben. Also ab heute, die Ausnahmen der letzten Jahre zählen nicht. Ich erwarte wieder diesen fürchterlichen

Gestank, doch er bleibt aus. Anscheinend glaube ich wirklich, was ich da sage.

Im Grunde kann ich auch gar nichts dafür. Mein rosa Elefant ist die Erfüllung meiner Wünsche, kombiniert mit unsäglicher Wut oder einer anderen Form von Erregung. Sie gehen in Erfüllung. Was also kann ich dafür? War doch nicht mit Absicht oder so.

Sicherheitshalber entferne ich mich einige Meter von Amandas Fleischsalat. Was von der Schlampe übrig ist, sieht wirklich furchterregend aus. Jemand sollte das saubermachen. Hilfesuchend sehe ich mich um. Unfassbar! Wo ist nur Papas Telefonzelle, wenn man sie braucht?

Ah! Aus dem Augenwinkel kann ich den dezent leuchtenden Glaskasten mit einem goldfarbenen Telefon darin erkennen. Die Tür öffnet sich automatisch, ich hebe den Hörer ab: »Was willst du dich das Stroh zu dreschen plagen?« Die zuckersüße Stimme am anderen Ende der Leitung (oder wo auch immer) schnabelt das Zitat nur für mich.

»Ernsthaft? Schon wieder Goethes *Faust*?«

»Passt doch wie die Faust auf dein Auge.«

Kichern im Hintergrund. Schön, wenn zumindest Satans Fußvolk über seine Witze lachen kann.

»Hör zu, ich brauche einen Reinigungstrupp. Ich habe jemanden, na ja, sie ist einfach so explodiert.« Ich werfe einen Blick hinter mich, Amanda breitet sich unschön über die Straße aus. Tot ist sie genauso nervig und überflüssig wie zu Lebzeiten. Haha! Überflüssig. Das trifft es wohl.

Also gut, eine Lösung muss her, und zwar schnell!

»Ist eine ziemliche Sauerei. Geht das klar?«

Schweigen.

»Hey, ich höre dich atmen. Was ist denn nun?«

Überall dasselbe, die Mitarbeiter in den Callcentern sind schlecht ausgebildet und doof obendrein.

»Oder suchst du nach einem passenden Zitat?«

Keine Reaktion.

Über meine Witze wird nicht gelacht. Wie unfair!

»Ich habe dein Anliegen weitergeleitet. Gibt es außer der Reinigung noch zusätzliche Arbeiten zu erledigen?«

»Nein, keine Zeugen. Zumindest habe ich niemanden gesehen.« Selbstverständlich gibt es auch für diese Situation die passenden Mitarbeiter. Ich habe einige Male, na gut, schon relativ oft, Cleaner benötigt, Seeker und Healer. Seltsame Geschöpfe der Hölle, doch als Sucher oder bei diesem Gehirnwäschedings sehr effektiv.

»Vermerkt und delegiert. War's das?«

Ich nicke und lege auf. Das Gespräch ist beendet und ich stehe im Freien. Die Telefonzelle ist verschwunden. Der schleimige Amanda-Brei macht sich selbstständig und rinnt die Straße hinab, ihre unversehrte Silikonbrust wird mitgetragen wie ein Boot auf einem Fluss. Der Nippel steht immer noch. Wirklich skurril und irgendwie ästhetisch. Einer Eingebung folgend, schließe ich die Augen und entspanne meine Muskeln. Ich bin ganz ruhig, nichts kann mich stören. Langsam wird mein Atem ruhiger, ich bin bei mir. Meine Augen lasse ich auch geschlossen, als ich das Saugen der Cleaner höre. Diese seltsamen Wesen verschmelzen mit ihrer Umgebung, dass sie nur für einen äußerst aufmerksamen Beobachter als schwarzer Schatten in der Dunkelheit zu erahnen sind. Und dabei sind sie so viel mehr. Meine Kappe fällt zu Boden, ich lasse sie liegen. Meine Haare fallen über die Schultern und schützen mich gegen die Kälte der Cleaner, deren ewiger Hunger auch an meiner Seele nagt. Ja, obwohl ich die bin, die ich nun mal bin, habe ich eine Seele – und ich schütze mein Allerheiligstes.

Was? Sie wollen wissen, wer ich bin? Nun, da wir bereits den einen oder anderen intimen Moment geteilt haben, ist es wohl an der Zeit, sich vorzustellen: Ich bin Rosemary's Baby, ich bin das Omen. Ich bin Malena, die Tochter des Teufels, und das kotzt mich so richtig an.

Vorstellung

Allwissend bin ich nicht; doch viel ist mir bewusst.
Faust I, Vers 1582/Mephistopheles

Ui, werden Sie jetzt denken. Ja, dieses »Ui« passt sogar richtig gut. Bitte lassen Sie die Schubladen in Ihrem einfach gestrickten Verstand geschlossen, lösen Sie sich von Beeinflussungen aller Art – wie Bilder, Bücher, Filme und so weiter.

Nach meinem Malheur mit Amanda wissen Sie, dass ich die Wahrheit spreche. Oder? Nein, ich bin nicht aus der geschlossenen Abteilung einer psychiatrischen Klinik entflohen und leider an keiner paranoiden Schizophrenie erkrankt. Zum besseren Verständnis meiner Person und vor allem meiner Situation möchte ich mich vorstellen ...

Mein Name ist Malena, mein Nachname tut nichts zur Sache. Ich wurde an einem 31. Oktober geboren oder bin vielmehr aus meiner Mutter herausgeschossen, wenn ich ihrer Geschichte Glauben schenken darf.

»Liebchen, du hattest es so eilig, auf die Welt zu kommen wie ein Hochgeschwindigkeitszug in China. Du warst eine Waffe mit der Durchschlagskraft von ...« Es gibt noch einige solch schmeichelhafter Vergleiche, die allesamt darauf abzielen, welch wundersame Überraschung ich doch war. Meine Mutter wusste angeblich nichts von einer Schwangerschaft und war deshalb völlig überrascht, als ich aus ihr schoss wie besagter High-Speed-Zug in China. Heute weiß ich es besser, aber seinerzeit reichten mir ihre überschwänglichen Beschreibungen meiner Geburt. In meinem Leben gab es meine Mutter und mich, wir waren uns genug, sie mir auf alle Fälle. Ich ihr nicht, und das war auch der Grund, weshalb ich mit sechzehn meine Heimathölle verließ. Okay, hinzu kam mein rosa Elefant, der mich und das Einkaufszentrum meines Heimatortes mit der Wucht und Präzision eines Marschflugkörpers getroffen und ebenso großen Schaden angerichtet hatte. Inmitten dieses Chaos, das an die Bilder eines gewaltigen Bombenanschlages erinnerte, wurde mir klar, irgendetwas stimmte nicht mit mir. Ganz und gar nicht. Das ist jetzt einige Jahre her und dieses Malheur war nicht das einzige.

»Madame?«

Eine sanfte Stimme bittet um meine Aufmerksamkeit. Eine Stimme, so angenehm wie warmes Öl, das zuerst auf den Rücken gegossen wird, sich frech den Weg nach unten sucht ... und mir Bilder in meinen Kopf pflanzt, die ich gar nicht mag und doch ... irgendwie ... hm.

Ich drehe mich langsam herum, wappne mich, denn der zu erwartende Anblick ist nicht leicht zu ertragen.

»Mr Darcy! Womit habe ich die Ehre verdient?«

Mr Darcy, mein Vormund der Hölle sozusagen. Wie immer ist er stilvoll gekleidet. Er trägt einen dunklen Anzug, ein weißes Hemd mit Manschettenknöpfen und schwarze Schuhe, die verflucht noch eins immer sauber sind. Wahrscheinlich haben sie eine exklusive höllische Imprägnierung für die modebewusste Prominenz, Ausputzer und Kindermädchen der Unterwelt. Wenn ich da an meine armen Timberlands denke ...

Um sein Jack-the-Ripper-at-Work-Outfit zu vervollständigen, hält er in seiner perfekt manikürten Hand einen Gehstock – schwarz, mit silberfarbenen Intarsien. Er wirkt wie ein Gentleman des 18. Jahrhunderts – groß, schlank, edle Gesichtszüge, eine aristokratische Nase und volle Lippen. Mein höllischer Aufpasser ist eine Augenweide, Protagonist vortrefflicher Liebesromane, der feuchte Traum aller weiblichen Kreaturen in und außerhalb der Hölle. Seiner körperlichen Anziehung kann sich kaum jemand entziehen. Ich schon, irgendwie, denn ich kenne seine schlummernde dunkle Seite und bin keineswegs scharf darauf.

»Madame.« Er verneigt sich galant. »Wie ist es Euch ergangen im letzten Jahr?«

»Gut, gut.«

Mr Darcy wendet sich interessiert Amandas Fleischbrei zu, der hin und her schwappt, als könne er sich nicht entscheiden, welche Richtung er einschlagen soll auf der Flucht vor den Cleanern. Diese lecken genüsslich Amandas Überreste von der Straße, leises

Schmatzen ist zu hören und ein rasselndes Husten. Wahrscheinlich bleibt Amanda gerade einem der Cleaner im Halse stecken. Ja, dieses Miststück macht selbst nach ihrem Tod noch Ärger.

»Ich weiß. Das hätte nicht passieren dürfen« zwänge ich eine Erklärung über meine Lippen. »Es tut mir auch leid. War eine Ausnahme. Versprochen!« Ich lächle Mr Darcy an, dessen perfekt frisiertes Haar in perfekten Wellen auf seine breiten Schultern fällt. Hach, der Kerl sieht trotz seines spießigen Kleidungsgeschmacks aus wie ein Unterwäschemodel von Calvin Dingsbums.

»Eine Ausnahme«, konstatiert Mr Darcy. »Etwa wie in diesem heruntergekommenen Imbissladen am Bahnhof?«

»Ja, so ungefähr.« Ich zucke zusammen, als ich an die Schweinerei denke, die seinerzeit von der Decke ins leckere asiatische Essen getropft war. *Chop Suey mit Arschloch*, besser gesagt mit zwei Arschlöchern. Die Situation war heikel gewesen, doch nicht so dramatisch. Es war etwas mehr Personal benötigt worden, zu den Cleanern wurden einige Seeker gerufen, welche die weglaufenden Zeugen eingefangen und davon *überzeugt* hatten, sich an nichts zu erinnern. Die Healer hatten den einen oder anderen Kollateralschaden wieder zusammengesetzt und das Endergebnis auf Vollständigkeit überprüft. Sie sind für die Endabnahme der Problemlösung verantwortlich und sowohl den Cleanern als auch den Seekern gegenüber weisungsbefugt, was immer wieder zu Unruhen führt.

»Dann gab es noch die Tankstelle in Frankfurt-Sachsenhausen, die Arztpraxis in der Großen Bockenheimer Straße ...« Mr Darcy hält mir die Hand entgegen und streckt bei seiner Aufzählung einen Finger nach dem anderen in die Luft, um mir deutlich zu zeigen, dass er nicht meiner Meinung ist, was die Ausnahme anbelangt. »Nicht zu vergessen das Unterwäschegeschäft am Samstagmorgen in der Fußgängerzone! Wir mussten alle uns zur Verfügung stehenden Cleaner aufwenden, um Eure *Ausnahme* zu beseitigen.« Mr Darcys bernsteinfarbene Augen zeigen keine Gefühlsregung, sein perfektes Gesicht bleibt vollkommen glatt. Meine Nackenhaare stellen sich hingegen warnend auf. Mr Darcy verströmt eine dunkle Gefahr, die ich wittern kann.

»Bin ich in Schwierigkeiten?«

Er antwortet nicht sofort, knurrt lediglich etwas zu den Cleanern, die sich eifrig bemühen, den klebrigen Amanda-Eintopf von der Straße zu lecken.

»Es eilt! Das Trottoir muss geräumt werden. Schnell!«

Mr Darcy ist unzufrieden mit seinen Mitarbeitern, was nicht einer gewissen Komik entbehrt, um mich mit seinen Worten auszudrücken. Wer sagt denn bitte noch *Trottoir* oder *Unterwäschegeschäft*? Meine Urgroßoma wahrscheinlich, wenn ich eine hätte. Typisch Mr Darcy! Der Mann ist einfach noch nicht in unserem Jahrhundert angekommen. Ich muss mir ein Lächeln verkneifen, was meinem Aufpasser trotz aller Bemühungen nicht unbemerkt bleibt.

»Welcher Anlass zaubert dieses Lächeln auf Euer Gesicht, Madame? Darf ich mich mit Euch freuen?«

Da ist es wieder, dieses Unwohlsein, das mir als kaltes Schaudern über den Rücken läuft.

»Wie gesagt, es tut mir leid und es wird eine Ausnahme bleiben. Versprochen!« Obwohl ich weiß, dass ein lasziver Augenaufschlag keine Wirkung zeigt, fühle ich mich besser, nachdem ich alle mir zu Verfügung stehenden Register gezogen habe. Als direkter Abkömmling eines Höllenwesens bin ich mit gewissen äußerlichen Attributen gesegnet, die auf männliche wie auch weibliche Menschen unwiderstehlich wirken. Nur ist Mr Darcy kein Mensch. Wie erwartet, hätte ich meine Bemühungen auch den blutegelähnlichen Cleanern schenken können, die blind ihre Umgebung ausschließlich über den Geruchssinn wahrnehmen.

Mr Darcy stützt sich auf seinen Stock und schnalzt mit der Zunge, was die Cleaner zu hektischen Bewegungen antreibt. Ich winke Amandas Brustimplantat innerlich zum Abschied, das Silikon löst sich gerade aus dem schlaffen Hautlappen, der, begleitet von enthusiastischen Kaugeräuschen, für einige Sekunden über dem Boden schwebt, bevor die künstliche Titte, ihrer Hülle beraubt, mit einem dumpfen Klatschen zurück auf den Boden fällt. Der schwarze Schatten gurgelt die übrig gebliebene Amanda in die Tiefen seines Verdauungstraktes, verschmäht das Silikonkissen und macht sich auf, den Ort zu verlassen.

»Das darf doch nicht wahr sein!« Mr Darcy knurrt einen Befehl in die Dunkelheit. Als nichts geschieht, wird aus dem Knurren ein Bellen, dann ist der Schatten wieder da, äußerst widerstrebend, besinnt sich dann aber, wie mir scheint, und mit einem Happs gehört Amanda mit all ihren Ersatzteilen der Vergangenheit an. Ich bin erleichtert und meine gute Laune ist bereit, aus den Untiefen zurückzukehren, wäre da nicht Mr Darcy, der vor mir aufragt wie ein unbezwingbares Felsmassiv.

»Gibt es noch etwas?« Die Flucht nach vorn war schon immer meine Devise, Angriff ist meine Verteidigung, dazu gehört auch ein Schlag in feindliche Eier.

»Madame«, die Stimme legt sich über mich wie ein warmer Mantel, »wie soll das weitergehen? Abgesehen von Eurem Aussehen und Eurer Kleidung, die gewisslich nicht Eurem Stand entspricht.«

»Ich weiß wirklich nicht, was du meinst.«

Gleichzeitig halten Mr Darcy und ich die Luft an. Der Gestank ist perfide und lässt meine Augen tränen, bestenfalls. Ich habe das Gefühl, sie fließen mir aus den Höhlen, gleichzeitig brennen meine Atemwege wie Feuer. Das ist echt übel. Ich muss mit dem Lügen aufhören, unbedingt!

Olentia Infernum

Denn eben wo Begriffe fehlen,
Da stellt ein Wort zur rechten Zeit sich ein.
Vers 1995 f./Mephistopheles

»Madame!«

Ich kann eine gewisse Eindringlichkeit in diesem Unterton entdecken.

»Ihr solltet es besser wissen. Hört auf zu lügen! Das ist mehr als ein Hauch, das ist Olentia Infernum, der Duft der Hölle oder vielmehr ein bestialischer Gestank!« Mr Darcy sucht japsend nach einem Wort. »Ich glaube, ich vaporisiere!« Mit gerümpfter Nase führt er mich aus dem stinkenden Lügennebel, den ich meinem Dad zu verdanken habe. Der ultimative Furz, eine Höllenwaffe.

»Wenn es für dich in Ordnung ist, würde ich jetzt gern nach Hause gehen.«

Mr Darcy schüttelt vehement den edlen Kopf. »Madame, leider kann ich Euch noch nicht gehen lassen.«

Der rosa Elefant galoppiert gerade munter an mir vorbei. Ich bin wütend, dass ich mich wie ein kleines Kind behandeln lassen muss, wütend, dass es wieder ein Angebot meines Vaters gibt, wütend, dass ich einen

Vormund habe, wenn auch ausschließlich für alle Belange, die meinen *leiblichen* Vater angehen. Am liebsten würde ich trotzig mit dem Fuß aufstampfen, aber nein, das wäre ... am liebsten würde ich Mr Darcy in seine Einzelteile zerlegen. Noch besser: ihn vaporisieren, auf dem Trottoir eines Unterwäschegeschäftes verdampfen. Nur leider hilft da auch eine rosa Elefantenherde nichts, Mr Darcy ist unantastbar, ich habe keine Macht über Wesen, die nicht in diese Welt gehören. Also höre ich mir an, was er zu sagen hat. So muss sich ein schlachtreifes Rind fühlen, das in eine Box eingesperrt wird und auf den Tod wartet.

Nachdem Mr Darcy, der kalte und furchtbar gut aussehende Dämon, seine ausschweifenden Erläuterungen über den Vorschlag meines Vaters beendet hat, bitte ich ihn um einige Tage Bedenkzeit. Er nickt. »Ihr macht Euch anheischig, in zwei Tagen Eure Entscheidung mitzuteilen. Das solltet Ihr tunlichst nicht vergessen!«

Wortlos lasse ich ihn stehen und gehe die Straße hinunter. Eine Entscheidung. Ein Entweder-oder. Ein Fallstrick, über den ich stolpern werde. Warum kann es nicht einfach so weitergehen wie bisher, weshalb muss ich mich auf einmal entscheiden? Weiß oder Schwarz, ein Schwanz oder zwei, Mann oder Frau, Himmel oder Hölle, gut oder böse?

Wütend laufe ich die Straße hinab. Es ist die falsche Richtung, weg von meiner Wohnung, doch das ist gleichgültig. Seit Amanda geplatzt ist, läuft mein Leben aus dem Ruder, fremdbestimmt, das ist es, was Mr Darcy möchte. Ich soll zu dem stehen, was ich bin. Doch wer oder was bin ich eigentlich? Bis zu jenem Tag im Einkaufscenter war ich eine relative normale Jugendliche gewesen, wobei die Betonung schon auf *relativ* liegt. Freundinnen hatte ich keine, allerdings auch nicht vermisst. Was konnte ich dafür, dass alle Jungs nur mich wollten? Nach dem Knall im Einkaufszentrum war ich eingeweiht worden. Mr Darcy war der Glückliche gewesen. Ich schüttle den Kopf und schäme mich noch jetzt, wenn ich daran denke, wie ich ...

Eine Ablenkung wäre nicht schlecht, eine Dusche auch, vielleicht klebt irgendwo noch etwas Fräulein Doppel-D an mir – ein Umstand, der die Benutzung einer Dusche unbedingt notwendig macht. Ich drehe mich um und laufe den Weg zurück, Mr Darcy und alle Spuren von Amanda sind verschwunden. Der Morgen graut. Menschen laufen hektisch über den Asphalt, die mir zum Glück keine Beachtung schenken.

Nach zwanzig Minuten bin ich in meiner Wohnung angekommen. Als ich sie betrete, fällt das Unwohlsein von mir ab. Auf dem Weg zum Badezimmer ziehe ich mich aus, werfe meine Kleidung auf den Boden, betrete die großzügige Dusche und genieße das heiße Wasser. Während ich mich gründlich einseife, verfluche ich meinen Vater, meine Mutter, Mr Darcy, meinen Yoga-Coach und sogar den Melissentee. In aller Freundschaft und mit Sinn für die Familie versteht sich. Wenn ich daran denke, dass ich in zwei Tagen ein Gespräch mit

Mister Ich-drücke-mich-geschwollen-aus,-als-hätte-ich-Jane-Austen-in-allen-Stellungen-des-Kamasutra-gefickt-und-bilde-mir-was-darauf-ein-Darcy haben werde, sinkt meine Laune in den Keller. Na ja, eigentlich noch eine Etage tiefer, aber ich atme konzentriert durch und bemühe mich um Ausgeglichenheit. Das Interieur meiner Wohnung ist schließlich viel zu teuer, um es in einem Anfall wütenden Vaterhasses zu zertrümmern. Ein Plan muss her, sonst kann ich mein jetziges Leben vergessen, und das würde mir Gabriel nie verzeihen. Gabriel ... meine Hände intensivieren das Einmassieren des Duschgels an der Stelle, wo es besonders Spaß macht. In Gedanken spiele ich unsere erste Begegnung ab wie einen Film.

Seine schlanke Gestalt war mir aufgefallen, als er die Bücherei betreten hatte, in der ich arbeite. Er war geradewegs auf mich zugekommen. Seine langen, braunen, lockigen Haare gaben seinem hübschen Gesicht einen kunstvollen Rahmen. Sofort war es um mich geschehen. Liebe auf den ersten Blick. Ja, es gibt sie und mich hatte Amors Pfeil an jenem Tag frontal ins Herz getroffen. Gabriel. So stelle ich mir einen Ritter des Mittelalters vor oder einen Superhelden oder einen Nobelpreisträger oder einfach meinen Ehemann, meinen Gefährten. Meinen Engel.

Keuchend stütze ich mich mit einer Hand an der Duschwand ab, in meinem Inneren toben Empfindungen, die definitiv nicht jugendfrei sind. Ich reibe heftiger – es geht nicht mehr darum, sauber zu werden. Ganz im Gegenteil!

Gabriels braune Augen sehen mich an, erkennen mich sofort als den Menschen, der an seine Seite gehört, er schenkt mir sein strahlendes Hollywood-Lächeln mit den weißesten Zähnen, die ich je gesehen habe. Die goldenen Sprenkel in seinen sanften braunen Augen glitzern verheißungsvoll.

Mit dieser Erinnerung komme ich, der Orgasmus tobt durch meinen Körper und schüttelt mich. Mein Gabriel, heirate mich und mach mir viele Babys, die dann nur noch zu einem Viertel zur Hölle gehören.

Erfrischt trockne ich mich ab und stelle mich nackt vor den großen Spiegel im Schlafzimmer. Glauben Sie mir: Es gibt nichts Ätzenderes als Perfektionismus. Meine Füße zum Beispiel. Sie sind perfekt geformt, schmale Fesseln, ein Orgasmusgarant für jeden Podophilen. Meine Beine sind ohne die kleinste Hautfalte, hervorstehende Adern oder Dellen.

Hat die Frau Probleme?, werden Sie jetzt denken. Ja, die habe ich, denn nicht nur meine Beine sind formvollendet, meine Hüften haben diese gewissen Rundungen, die Männer verrückt machen. Mein Arsch ist, was soll ich sagen, makellos, hat eine Größe und Form, um Schlachten darum zu schlagen. Oh, und ich kann Sachen damit anstellen ... Der Bauch ist flach, doch weich und samtig, meine Taille schmal und meine Brüste ... ich streichle darüber ... nun, sie sind hervorragend geformt. Ich bin schön, wie es ein Wesen aus einer anderen Welt wohl sein muss, eine Jägerin des Bösen, eine Verführerin. Doch es ist das wahre Leben, das mich anzieht, das Unperfekte. Eine Falte, die mir ihre Geschichte erzählt, eine Wölbung, die unter meiner Hand zittert. Das pure Leben gepackt in einen Körper, nicht diese unzerstörbare Hülle, in der ich gefangen bin.

Ich verstecke mich, maskiere mich und träume davon, dass diese Maskerade mich eine Wirklichkeit erleben lässt, die mir als Tochter des Teufels, als perfektes Wesen, nicht vergönnt ist. Wie in Hans Christian Andersens Märchen *Die kleine Meerjungfrau* komme ich aus einer anderen Welt, liebe einen Mann, der in mir das verborgene Gute weckt. Zugegeben, ist da etwas Gutes, dann wirklich sehr, sehr tief irgendwo in mir. Aber es ist da, ganz bestimmt. Und mein Engel wird es finden.

In der Bücherei trage ich meine langen schwarzen Haare hochgesteckt und die hellblauen Augen verstecke ich mit dunklen Kontaktlinsen. Ich halte mich gebückt, denn der Zauber meines Aussehens ist zur Verführung der Menschen gedacht, doch ich bin so viel mehr. Gabriel spürte das und erkannte mich als *die seine*. Dafür liebe ich ihn. Ohne die lästigen Kontaktlinsen leuchten meine Augen in einem intensiven Azur, die Wirkung ist atemberaubend. Ein Fluch, wenn Sie verstehen. Die Familie kann man sich leider nicht aussuchen, weshalb ich mich dazu entschlossen habe, dass ich mit meiner nichts mehr zu tun haben möchte. Mit dem höllischen Teil zumindest, wenngleich es da gewisse Vorteile gibt. Aber ich will das richtige Leben, meine menschliche Seite entdecken, mich verlieben … die ganze rosa Packung eben.

Ja, das sind Probleme. Sie können sich nicht vorstellen, wie schwer es als Tochter des Teufels ist, ein normales Leben zu führen. Als Teil des abgrundtief Bösen verfüge ich über nahezu unbegrenzte Ressourcen. Ich gebe mir wirklich Mühe, nicht darauf zurückzugreifen – gerade, was das Geld betrifft. Kein einfaches Unterfangen bei dem winzigen Gehalt einer Bibliothekarin. Aber ich brauche keine Jacht, keine Insel, kein Penthouse, Diamanten finde ich langweilig, Gold steht mir nicht. Obwohl … eine kleine Schwäche habe ich schon. Sie steht versteckt in einer angemieteten Garage im Frankfurter Bahnhofsviertel. Eine bildhübsche Harley Davidson Blue Edition, nette tausend PS. Ansonsten bin ich recht bescheiden. Die Wohnung, okay, aber hässlich zu wohnen, kostet auch Geld, macht nur weniger Spaß.

Ich bin regelrecht versunken in meinen Anblick und erschrecke, als das Telefon klingelt. Es schreit die Atom-Alarm-Sirene, was mir passend erscheint, denn wenn dieses Telefon klingelt, hat es meistens nichts Gutes zu bedeuten. Konditioniert suche ich nach einem Versteck, doch es hilft nichts. Wenn meine Mutter beschlossen hat, mich anzurufen, ist es das Beste, auch mit ihr zu sprechen.

»Mutter.« Ich würze meine Stimme mit einem Schuss Gereiztheit, sie soll merken, dass sie mich stört.

»Malena, meine Süße! So schön, deine Stimme zu hören. Wie geht es dir denn? Gibt es etwas Neues?«

»Äh, gut und nein.«

»Bitte? Was meinst du? Weshalb bist du so einsilbig?«

Die Gespräche mit meiner Mutter sind eine Aneinanderreihung meist rhetorischer Fragen, auf die sie keine Antwort hören mag. Ich weiß das und trotzdem kriegt sie mich immer wieder.

»Es geht mir gut, Mutter.«

»Ach, Schätzchen. Wir haben uns schon so lange nicht mehr gesehen und da dachte ich, ich komme nach Frankfurt. Was hältst du davon?«

»Jaaa, wow«, kommt es lahm aus meinem Mund. Ein Besuch meiner Mutter ist schlimmer, als mit allen Dämonen der Hölle einen draufzumachen. Ein Besuch meiner Mutter kommt ganz nah an Kaffeetrinken mit meinem Vater heran. Und meine Mutter ist ein Mensch, zu hundert Prozent.

»Ich, ich weiß gar nicht, ob ich da in Frankfurt bin.« Der Lügen-Gestank drängt sich augenblicklich in meine Nase. Ich muss würgen. Ekelhaft! Danke, Papa!

»Du bist ja immer so beschäftigt. Ich wollte morgen kommen. Was meinst du?« Verlegenes Lachen am anderen Ende der Leitung und Getuschel. WTF!

»Mutter? Ist alles okay?«

»Ach, mein Schatz. Ich muss es dir einfach sagen, auch wenn ich die Überraschung damit platzen lasse. Ich bin schon hier in Frankfurt, in einem Hotel ganz in deiner Nähe. Freust du dich?«

Es stinkt hier sowieso schon wie in der Hölle XXL, also antworte ich: »Ja, das ist eine schöne Überraschung. Ich freue mich sehr.«

Mit angehaltenem Atem stürze ich zum Fenster und öffne es so weit, wie es geht. Der Odem der Hölle zieht in Form eines zarten Rauchs hinaus in den strahlend blauen Himmel. Und ich dachte, dieser Scheißtag könnte nicht noch beschissener werden. Weit gefehlt!

»Schätzchen? Bis du noch da?«

»Ja, ich bin noch da. Wo zur Hölle soll ich denn sonst sein?«

»Schätzchen, es gibt da etwas, das ich dir sagen muss. UNBEDINGT! Bist du spontan?«

»Nein.« Noch einmal so eine Ladung Höllenparfüm halte ich nicht aus und die Welt da draußen sicherlich auch nicht. Wahrscheinlich würden Vögel tot vom Himmel fallen und ...

»Oh!« Die Freude meiner Mutter fällt brutal in sich zusammen.

»Was denn?«

»Wir hätten uns treffen können, jetzt oder in einer Stunde zum Abendessen.«

»Ja, hätten wir. Warum denn?«

»Das ist eine Überraschung, Schätzchen!« Wieder dieses Kichern und jetzt ein vernehmbares Flüstern. Mutter ist nicht allein. Mutter hat jemanden dabei. Kacke! Verdammte Kacke!!! Tut es denn kein Vibrator mehr? Muss jetzt ein Mensch an das Ding?

»Eine Überraschung. Yeah! Okay, wo wollen wir uns treffen?«

»Ach Schätzchen … du wirst aaausflippen! Wir treffen uns hier im Restaurant unseres Hotels, was meinst du?«

»Unseres Hotels?«

Meine Mutter kichert wie eine Fünfjährige, die zu Weihnachten zwei beschissene Barbies statt einer bekommen hat.

»Oh, da habe ich mich versprochen.«

Schon klar. Mutter kann lügen, bis sich die Balken biegen, sie stinkt auch nicht wie das verweste Fleisch eines vollgefressenen Cleaners.

»Okay. Wo bist du denn?«

»Im Steigenberger, Schätzchen. Kaiserplatz. Weißt du, wo das ist?«

»Ja, Mutter. Ich muss nur aus meinem Fenster sehen.«

Sie ist Luftlinie nur etwa hundert Meter von meiner Wohnung entfernt. Das ist der passende Abschluss eines grandios beschissenen Sonntages.

»Also, Schätzchen, in einer Stunde im Restaurant. Bring Hunger mit! Freust du dich?«

Scheißegal, schlimmer kann es nicht mehr kommen.

»Ja, ich freue mich.« Resigniert schließe ich die Augen und lege den Hörer auf. Der Gestank ist phänomenal. Bring Hunger mit? Mir ist der Appetit gründlich vergangen.

Mutter

Mag alles durcheinander gehn;
Doch nur zu Hause bleibts beim Alten.
- vor dem Tor

Pünktlich, abgehetzt und nochmals geduscht steuere ich durch das Hotel ins Restaurant. Mein Outfit ist schlicht, meine Haare sind adrett hochgesteckt und eine Nerdbrille mit Fensterglas verleiht mir ein biederes Aussehen. Auf Schminke habe ich gänzlich verzichtet, die Kontaktlinsen färben meine knallblauen Augen in ein langweiliges Braun. Die Jeans ist zu weit und versteckt meine Figur, eine schlammblasse Strickjacke über einer weißen Bluse vervollkommnet meinen Auftritt als schnöde Büchertussi. In diesem Outfit kann ich den Irgendwas meiner Mutter kennenlernen, ohne seine Aufmerksamkeit zu erregen.

In devoter Haltung betrete ich das Restaurant, blicke mich suchend um und entdecke meine Mutter. Natürlich! Sie sitzt mit einem älteren Mann am Tisch, hat mich auch gesehen, springt auf und erfreut die stilvoll speisenden Gäste, indem sie laut ruft und mit beiden Armen winkt: »Juhuuu! Malena! Schätzchen! Hier sind wir.«

Ich kann beide sehen. Leider! Mein Mund verzerrt sich zu einer schrecklichen Grimasse. Ist das ihr Ernst? Es bleibt mir nichts anderes übrig, als schnell an ihren Tisch zu eilen, um Mutter davon abzuhalten, noch einmal »Juhuuu! Hier sind wir!« zu brüllen. Mitleidige Blicke folgen mir. Möchte mich vielleicht jemand adoptieren? Ich stehe zur Verfügung.

Als ich bei ihr angelangt bin, ignoriere ich das männliche, dumm grinsende Individuum an ihrer Seite und umarme meine Mutter vorsichtig. Tatsächlich habe ich sie vermisst, ihr molliger Körper schmiegt sich an meinen straffen und nimmt meinen Gedanken die Härte. Mutter ist peinlich aber auch wie ein Wellnesstag am Meer.

»Schätzchen!«, flüstert sie mir ins Ohr und in diesem Wort steckt so viel Liebe und überschäumende Gefühle, dass ich mich zwischen gerührt sein und kotzen wollen entscheiden muss. Um den Gästen nicht noch mehr zuzumuten, grinse ich dümmlich und freue mich ein klitzekleines bisschen. Zwei Sekunden später erinnert sie mich daran, weshalb ich viel zu zeitig mein Mutterhaus verlassen habe. Einer Eingebung folgend, drückt sie mich von sich, packt mein Gesicht und dreht es hin und her.

»Du trägst eine Brille? Wo sind deine blauen Augen hin? Hast du zugenommen? Deine Oberschenkel sind ...«

»Können wir uns nicht setzen?«, zische ich ungehalten im Bewusstsein, dass Mutter und ich den übrigen Restaurantbesuchern gerade ein perfektes Stegreiftheater bieten. Wir haben die Aufmerksamkeit aller Gäste und sogar des Personals.

»Schätzchen, darf ich dir jemanden ganz besonderen vorstellen?«

Besonders für wen? Spießbürger, linksgrünversiffte Gartenzwerge, rechtskackebraune Clowns? Meine Mutter etwa? Widerstrebend sehe ich ihn an. Er und Mutter passen zusammen wie Latsch und Bommel oder wie das heißt. Wie ein Tribunal sitzen die beiden mir gegenüber, halten Händchen und sehen mich auffordernd an. Ich verstehe nicht.

»Äh, was meinst du?«

»Na, guck doch!« Sie deutet auf den dünnen Mann neben ihr, umfasst sein Gesicht und drückt ihm einen Schmatzer auf die Wange. »Das ist Peter.«

Peter grinst wie ein angefressenes Honigkuchenpferd. Seine Haarfarbe kann ich nicht erkennen, es gibt nichts mehr auf seinem Kopf, das Auskunft darüber geben könnte. Er hat buschige dunkle Brauen über wirklich schönen Augen, die von einem sanften Blau sind, umkränzt von kleinen Fältchen, die nur von oftmaligem Lachen herrühren können. Seine Nase ist lang und gebogen, der Mund klein, umrahmt von einem grauen Bart. Er strahlt abwechselnd Mutter und mich an. Die beiden sind verliebt, du meine Güte, wie Teenager. Irgendwie rührt mich das und irgendwie möchte ich ihn von Mutter wegzerren und direkt aus dem Fenster werfen.

Nein, keine Sorge! Glauben Sie mir, kein rosa Elefant im Anmarsch. Ich habe mich gut unter Kontrolle. Innerlich klopfe ich auf Holz und atme einige Male bewusst ein und aus. Yoga und so.

Plötzlich wirft sich Peter über den Tisch, der bedrohlich wackelt, und streckt mir seine Patschehand entgegen.

»Hallo, Malena! Ich bin Peter und ich liebe deine Mutter.«

»Ohhhhh, wie süß von dir! Ich liebe dich auch.«

Fassungslos sehe ich den beiden zu, wie sie sich küssen. Hier im Steigenberger Hotel, im voll besetzten Restaurant, auf den Mund. Ich strecke meinen Arm aus und halte einen vorbeieilenden Kellner auf.

»Wein. Bringen Sie bitte eine Flasche Wein. Rot. Süffig. Für mich einen Whiskey Sour vorher, ach was, machen Sie zwei draus. Schnell! Die Betonung liegt bei *schnell*.«

Der Mann weiß, was er tut, und entfernt sich kundenorientiert im Laufschritt. Mutter und Peter haben sich in der Zwischenzeit aneinander festgesaugt wie Blutegel an einem Geschwür. Ich könnte auf den Tisch kotzen.

»Mutter? Mutter! MUTTER!«

»Schätzchen! Entschuldige bitte.« Zumindest hat sie den Anstand, verlegen zu tun. Peter grinst siegessicher. Dieser dürre Pornostar weiß, dass er heute Nacht noch viel Spaß haben wird. Mutter macht Anstalten, etwas Wichtiges mitzuteilen, ich kenne das aus meiner

Kindheit. Auf meine Frage, ob ich einen Papa habe, hatte sie sich aufrecht hingesetzt, die Schultern gestrafft und freudestrahlend erzählt: »Natürlich hast du einen Papa, Schätzchen. Er ist bei einem Unfall gestorben. Sag das deinen Freundinnen in der Klasse.« Pädagogisch gesehen: Prädikat wertvoll. Ich war sechs gewesen. Danach hatte sie nie mehr über meinen Vater gesprochen. Die Situation jetzt ist ähnlich. Mutter rückt etwas von Porno-Peter ab, strafft die Schultern und legt beide Hände flach auf die Tischdecke. Ich rieche ihren Schweiß und kann den erhöhten Herzschlag hören. Sie ist nervös, das überträgt sich auf mich. Und wir wissen ja, was passiert, wenn ich meine Gefühle nicht unter Kontrolle habe.

Noch nie war ich so glücklich, einen alternden Kellner in einem überteuerten Restaurant zu sehen. Er stellt zwei Gläser Whiskey Sour vor mir ab. Guter Mann!

»Haben Sie schon gewählt oder darf ich Ihnen etwas empfehlen?« Sein Blick hängt sich an Peter, der mit der Situation überfordert zu sein scheint. Aus welchem Kaff hat Mutter den denn ausgegraben?

»Geben Sie uns bitte noch drei Minuten.« Der Kellner nickt mir zu und dann kann nichts und niemand verhindern, dass meine Mutter anfängt zu sprechen.

»Schätzchen. Das ist alles so wunderbar.« Sie wischt sich eine Träne aus den Augen.

Ach du heilige Scheiße! Ich weiß, was sie mir sagen will. Dieser pathetische Ton, der mädchenhafte Blick. Könnte ich die Zeit zurückdrehen, ich würde es tun. Bis zu dem Missgeschick mit Amanda Doppel-D war alles gut, um nicht zu sagen: perfekt.

»Peter und ich werden heiraten.«

Das erste Glas Whiskey Sour trinke ich gegen meinen plötzlich einsetzenden Durst. Blutdurst! Auch das zweite Glas schütte ich in mich hinein und winke dem Kellner. »Sie können jetzt den Wein bringen. Danke. Was wollt ihr essen? Habt ihr denn Hunger? Oder seid ihr müde und wollt aufs Zimmer? Oje, das habe ich nicht so gemeint, ich wollte nicht auf Sex hinaus, ich will mir gar nicht vorstellen, wie du und Por..., äh, Peter auf dem Zimmer vögelt, bumst, äh ...«

»Malena! Beruhige dich!« Porno-Peter ergreift meine Hand und zieht sie erschrocken wieder zurück. Besser so! Ich habe ihm einen Warnschuss in Form eines hübschen Stromschlages verpasst.

»Entschuldigt mich bitte einen Augenblick.« Ich stehe auf und torkle mehr oder weniger zur Toilette. Meine Gedanken spielen verrückt. Peter auf meiner Mutter, Mutter auf Peter, Peter hinter Mutter und so weiter. Alles unangenehm.

Der Vorraum zur Toilette ist mit einem bequem aussehenden Sessel ausgestattet. Ich stehe vor dem Spiegel. Eine Kontaktlinse ist verrutscht, die Haare haben sich gelöst, ich sehe wie eine Irre aus. Hinter mir öffnet sich die Tür und Mutter kommt herein. Schweigend stellt sie sich neben mich vor den Spiegel und lächelt mich an. »Du siehst glücklich aus, Mutter.«

»Ich bin es, Schätzchen.« Ihr Gesicht strahlt, die blonden Haare haben einen honigfarbenen Ton. Sie sieht wunderschön aus. Das macht also die Liebe aus Menschen? Wer bin ich, mich dagegen zu wehren?

»Ich freue mich für dich, Mutter. Lass uns Essen bestellen und dann erzählst du mir alles.«

Zurück bei Porno-Peter, habe ich mich merklich entspannt. Die beiden bestellen Steaks und trinken schweren roten Bordeaux dazu. Für mich gibt's Salat. Mutter und Peter erzählen mir, wie sie sich kennengelernt haben, ich schalte meine Ohren auf Durchzug und stelle mir Gabriel vor, wie er vor dem Altar auf mich wartet. Als Mutter das Wort *Brautjungfer* erwähnt, werde ich aus meinem Tagtraum gerissen und lande unsanft in der Realität.

»Was bitte?«

»Die Brautjungfer, ich möchte, dass du meine Brautjungfer bist.«

»Ist das überhaupt erlaubt? Ich bin doch deine Tochter! Ist das nicht irgendwie ... pervers?«

Bilder von sich windenden nackten Menschen donnern durch meinen Kopf. Auf keinen Fall darf ich lügen. Ich muss hier unbedingt raus. Jetzt! Sofort! Mutter verzeiht mir niemals, wenn ich ihr sage, wie sehr mich das ganze Getue anwidert.

Meine Damen und Herren! Darf ich vorstellen? Die Tochter des Teufels als Brautjungfer! Letzte Woche noch gesehen als äußerst aktives Mitglied einer Orgie eines fulminanten Gangbangs mit zehn vögelbaren Individuen, jetzt gewaschen, gekämmt und in ein rosa

Kleid gewickelt, passend zur Hochzeit ihrer Mutter mit Porno-Peter …

Niemals!

Ich springe auf. »Sorry, ich muss weg.« Nur unter höchster Anstrengung gelingt es mir, ruhig und gelassen zum Ausgang zu schlendern. Die letzten Meter nehme ich jedoch im Laufschritt. Auf der Straße angekommen, ziehe ich mein Telefon aus der Tasche, wähle Mutters Nummer und ziehe mich in eine Hausnische zurück, wo ich nicht viel Schaden anrichten kann. Sie meldet sich nach dem ersten Klingeln.

»Mutter, es tut mir leid. Sei mir nicht böse, ich muss das erst alles verdauen. Das war ein bisschen zu viel für mich.«

»Lieb, dass du anrufst. Ich bin nicht böse, Schätzchen. Wir telefonieren morgen. Mach dir einen Tee, iss etwas und geh früh schlafen. Gute Nacht, Liebes!«

Angewidert hole ich tief Luft und sauge den abartigen Lügenmief in meine Lunge. Verdient ist verdient. Das ist gerade eine Sekunde auszuhalten, weshalb ich beschließe, dass die Bestrafung genug ist. Es wird Zeit, mir etwas Gutes zu tun.

Ich renne zu meiner Wohnung, öffne die Tür, löse meinen Zopf, zerre mir die Inkognito-Kleidung vom Körper, schlüpfe in ein enges Kleid und hohe Schuhe. Keine Kontaktlinsen, kein Schlabberlook, keine Maskerade. Heute Nacht brauche ich mehr als einen Blick oder ein Lächeln. Gabriel wird es verstehen.

Lust & Labsal

Erquickung hast du nicht gewonnen,
wenn sie dir nicht aus eigner Seele quillt.
(Faust, 568-9)

Als ich am nächsten Tag wach werde, liege ich nicht in meinem Bett. Mein Gefühl sagt mir, dass es noch früh am Morgen ist, und meine Erinnerung sagt mir, dass ich die Nacht mit zwei Frauen verbracht habe. Zufrieden genieße ich die latente Erregtheit meines Körpers. Ich bin gesättigt, mein Körper und mein Geist sind befriedigt. Ich habe Leidenschaft, Begierde, Hingabe geschenkt und erhalten.

Ich liege zwischen zwei nackten Körpern, bin eingebettet in getrocknete Wollust auf weichen Laken. Die Blondine links, deren Namen ich nicht weiß, bietet mir einen wunderbaren Anblick auf ihren nackten Rücken, zeigt mir den sinnlichen Schwung ihrer Hüften, wirkt verletzlich, schutzlos und mir ausgeliefert im tiefen Schlaf. Über ihren Rücken sind Engelsflügel tätowiert, soweit ich das beurteilen kann, ist es die Arbeit eines Meisters. Ich strecke meine Hand aus, fahre mit dem Zeigefinger langsam die Silhouette ihres Körpers bis zur Hüfte nach. Meine Fingerspitzen kribbeln, ich verweile an der höchsten Stelle und presse meinen Finger an den Hüftknochen, gerade so, dass sie meinem Befehl gehorcht und sich mir hingibt. Zwischen uns ist nicht viel Spiel, wir agieren in der Geilheit eines Wunsches, puren Verlangens. Ihr Körper bebt, bittet mich stumm um mehr. Ich gebe ihr nicht, was sie will, denn ich liebe das Spiel der Verweigerung. Ich bin die Herrin über ihren Körper, ich kann sie kommen lassen, sie dazu bringen, vor Begierde zu brennen, vor Lust zu beben. Oder aber ich untersage es ihr, lasse sie betteln wie eine läufige Hündin.

Ganz wie es mir beliebt.

Die sanfte Wölbung ihrer Vulva schmiegt sich in meine Hand. Die blonde Schönheit ist in Aufruhr, ihre Hemmungslosigkeit, die mich des Nachts schon erfreute, lässt sie wilde Laute ausstoßen. Es sind drei Finger, die ich in ihre Mitte stecke, herausziehe, wieder in sie stoße.

»Komm jetzt, sofort!« Sie kann sich mir nicht entziehen. Ich halte sie unerbittlich fest und ficke sie mit meinen Fingern, bis der Orgasmus sie kreischen lässt und die Frau rechts von mir weckt, deren Name mir genauso gleichgültig ist. Hanni, Nanni, Struwwelpeter, egal. Die Begegnung mit ihnen war pure Befriedigung, unsere Körper tropften vor Ekstase, Empfangende und Gebende, Gier über Gier, Orgasmus auf Orgasmus. Wie einfach das Leben doch so ohne Schwanz sein kann.

»Ist Gabriele schon wach?«

Habe ich mich gerade positiv geäußert? Das war ein Fehler. Die Kleine heißt Gabriele, so wie Gabriel nur mit

Muschi? Da bin ich bedient. Ich setze mich auf. Alles an mir riecht nach Gabriel mit Muschi, das gefällt mir nicht.

Nur Sekunden später habe ich meine nächtliche Unterkunft verlassen, habe zwei völlig verwirrte notgeile Frauen zurückgelassen, die sicherlich auf ihre eigenen Extremitäten zurückgreifen können, um sich Freude zu verschaffen. Ich eile durch die im Dämmerlicht erwachenden Straßen Frankfurts, die trotz der frühen Morgenstunden belebt sind. Immer wieder errege ich die Aufmerksamkeit vorbeilaufender Menschen auf dem Weg zur Arbeit oder zu einem anderen Sündenpfuhl. Wo will ich eigentlich hin? Ich beschließe, den Weg zu meiner Wohnung abzukürzen und gehe zwischen den ruhigen Geschäftshäusern entlang. Völlig in Gedanken versunken, gepeinigt vom Anflug eines schlechten Gewissens, muss mir wohl entgangen sein, dass sich jemand meinem schnellen Schritt angepasst hat. Das hat mir gerade noch gefehlt. Welcher kleinschwänzige, lebensmüde Vollidiot verfolgt mich?

Unter einer Laterne bleibe ich stehen, werfe meine Haare über die Schulter und sehe dem dunkel gekleideten Mann entgegen. Er bleibt tatsächlich stehen und spricht mich an: »Hey, was machst du?«

Ich habe keine Lust auf Spielereien oder Unterhaltungen oder beides. »Nach was sieht es denn aus?«

Irritiertes Schweigen.

Geh weiter, glaub mir, geh einfach weiter, Mann!

Natürlich hält er sich für unwiderstehlich, steht da wie das Männlein im Walde und glotzt auf meine Brüste, die nur spärlich von meinem Kleid verdeckt werden.

»Hast du Bock zu ficken?«

Der Kerl weiß wirklich, wie man flirtet. »Ah, du meinst hier und sofort?«

Das Männlein vom Walde nickt begeistert. Kann ein einzelner Mensch wirklich so dumm sein? Seine Haltung ändert sich. Unmerklich. Blitzartig wird mir klar, dass er diese Unbeholfenheit nur spielt. Dieser Typ ist alles andere als ungefährlich und ich bin gewiss nicht sein erstes Opfer. Wenn er sich da mal nicht überschätzt.

Er greift nach mir, packt mich an den Armen, die er nach hinten zieht. Keine zwei Sekunden später liege ich erstaunt mit dem Bauch auf einer Mülltonne und frage mich, wo der Elefant ist, wenn man ihn braucht. Ich empfinde keinen Schmerz und keine Wut, könnte lachen, weil ich so doof bin und er so dreist.

»Lass mich los, Arschloch!«

Ich spüre seine Hände an meinem Hintern. Jetzt reicht es mir aber. »Nimm deine gottverdammten Finger weg!«, schreie ich stinksauer, der Wichser hebt mein Kleid hoch und fummelt an mir herum. Etwas Heißes klatscht auf meinen Rücken und läuft über meinen Körper. Der Geruch nach Blut steigt in meine Nase. Für eine Sekunde ist es still, dann folgt ein Aufschrei.

Ui, da hat jemand schlimmes Aua. Augenblicklich bin ich frei, das Arschloch wälzt sich brüllend auf dem Boden, aus seinen Armstummeln spritzt Blut. Sehr viel

Blut! Mein rosa Elefant ist da, wenn ich ihn brauche. Manchmal ist es nicht schlecht, ein gutes Standing zur unteren Etage zu haben.

Männleins Hände liegen sauber abgetrennt neben der Mülltonne. Wow, wie ordentlich! Mutter wäre stolz auf mich.

»Willst du immer noch ficken? Deinen Schwanz hast du ja noch. Ist er denn auch richtig hart?«

Die Gedanken sind frei, heißt es in dem deutschen Volkslied. Passend zu meinem rosa Elefanten stelle ich mir dessen erigierten Penis vor, der es bei der ausgewachsenen Gattung Elefant auf stolze hundertachtzig Zentimeter Länge bringen kann. Ich habe alle Hemmungen verloren, Macht und Rache tanzen durch meinen Verstand, ich kann machen, was ich will. Ich bin Malena, des Teufels Tochter. Jetzt will ich ein wenig Zuwendung zurückgeben, die ich kurz vorher, über die Mülltonne gebeugt, genießen durfte.

»Och, Hasenpups. Dein Ding wächst ja und wird riesengroß. Zeig doch mal.« Die Schreie des Stück Drecks, das sich vor mir auf dem Boden wälzt, werden stärker, unmenschlich würde ich sie bezeichnen, denn unmenschlich ist auch, was ihm geschieht. Sein Penis wächst ins Unermessliche, sucht sich seinen Weg, nichts kann ihn aufhalten. Stoff reißt, er schnellt wie eine Zauberranke ins Freie, besser ausgedrückt, wie der dicke Stamm einer Zauberranke, und schleudert den Unterleib des Kerls hin und her.

Okay, ich fühle, dass ich mich nicht auf dem richtigen Weg befinde, dennoch starre ich fasziniert auf den Zwei-Meter-Schwanz mit riesiger rot geschwollener Eichel und kleinem Männchen daran. Der Anblick ist grotesk, hat etwas von einem perversen, abartig realistischen Comic. Die Bosheit in mir lässt mich aufblühen, das Adrenalin pumpt wie eine Droge durch meinen Körper, ich fühle mich lebendig, meiner Bestimmung folgend. Ich könnte singen und tanzen.

»Ein Männlein steht im Walde ...«, trällere ich, nehme Anlauf und kicke eine besitzerlose Hand in die menschenleere Gasse, die andere hebe ich auf, gehe in die Knie und wedle damit vor seinem Gesicht herum. »Guck mal, Arschloch! Damit kannst du dir einen runterholen. Wenn es dich nicht ekelt. Deine Fingernägel sehen echt widerlich aus.«

Der Kerl liegt leichenblass vor mir und starrt mich an. In seinem Hirn kann kaum noch Blut sein, die Hälfte davon sickert gerade ins Frankfurter Straßenpflaster, die andere Hälfte hält seinen Schwanz stramm. Im Grunde Strafe genug. Aber nicht für mich.

»Okay, ich kann sogar verstehen, dass du deinen kleinen ... ähm ... großen Freund in mich reinstecken wolltest. Ich bin geil und sehe zum Anbeißen aus. Aber das ist noch längst kein Grund, mich vergewaltigen zu wollen. Ich bin exquisite Ware und kein Selbstbedienungsladen, du Scheißkerl!«

Ich trete an ihn heran, gehe um sein mächtiges Ding herum, widerstehe dem Impuls, ihm einen kräftigen Tritt zu verpassen. Stattdessen gehe ich vor dem Männlein in die Hocke. Es sieht lustig aus, wie er versucht, ohne Hände und mit dem schweren Monsterschwanz, der ihn an den Boden nagelt, von mir wegzurobben.

»Jetzt magst du heim zu Mutti, ne? Zu spät, Casanova! Für die Frauenwelt bist du out, Schätzchen.«

»Bitte, bitte, bitte ... wer bist du? Hilf mir!«

»Dir helfen? Du bist ein fieses Dreckschwein und nicht nur, weil du schmutzige Fingernägel hast. Du willst wissen, wer ich bin?«

Irgendetwas in mir warnt mich, mein wahres Ich zu verraten, doch plötzlich ist mir auch das völlig egal. Dann breche ich eben diese Regel, eine höllische Regel. Wäre nicht das erste Mal. Ich öffne den Mund, doch es kommt nichts heraus. Jemand hat mir die Stimme genommen. Ungläubig drehe ich mich um. Unter der Laterne, in helles Licht getaucht, steht bühnenreif Mr Darcy mit schwarzem Zylinder auf dem Kopf und zwei Cleanern an der Leine. Fehlt nur noch, dass er jetzt anfängt zu steppen, dazu singt und die Cleaner ambitioniert, mit einzustimmen. Mr Darcys Stimme brüllt in meinem Kopf, während sich nichts an ihm bewegt: »Madame, Ihr Verhalten ist fatigant! Forthin werde ich es nicht mehr tolerieren. Genug ist genug! Seht hin, was Ihr angerichtet habt! Ihr affrontiert mich, zu handeln und Euch Strafe angedeihen zu lassen.«

Ich zeige auf meinen Hals, denn ich kann immer noch nicht sprechen. Das Männlein am Boden schaut mit verwirrtem Blick erst zu Mr Darcy und dann zu mir.

Trotz seiner Schmerzen springt mich seine Schadenfreude geradezu an. Anscheinend kann er nicht aus seiner Haut. Frustriert werfe ich ihm seine Hand an den Kopf und treffe perfekt. Sie schlägt auf seine Nase und bleibt auf seiner Wange liegen. Arschloch wimmert und hebt abwechselnd den rechten und linken Stummel. Das hat er nun davon. Mein Mitleid hält sich in Grenzen. Ich sehe zurück zu Mr Darcy, der mich mit einem Ausdruck beobachtet, den ich nicht deuten kann. Ich fühle mich nackt auf eine Weise, die mir unangenehm ist.

Plötzliches Gejaule lenkt mich von meinem kleingeistigen Aufpasser ab. Ich will etwas sagen, kann nicht, stöhne auf. Kacke! Die Haut des Männleins schält sich wie von Geisterhand ab, seine Schmerzen müssen grauenvoll sein. Er wirft sich hin und her, was ihm keine Linderung verschafft. Oje, anscheinend kann er doch aus seiner Haut, mit meiner Hilfe. Ich setze mein Pokerface auf, grinse allerdings innerlich.

»Genug!« Mr Darcy hebt seine Hand und die restliche Haut des Pissers bleibt da, wo sie hingehört, dann stürzt Mr Darcy zu mir und reißt mich von den Füßen. Ich liege in seinen Armen, seltsame Gefühle und chaotische Gedanken rasen durch meinen Kopf wie eine Gnuherde. Will er mich küssen? In seinem perfekten Gesicht zuckt ein Hauch von Unsicherheit. Er verharrt über mich gebeugt, scheint mit seiner Beherrschung zu kämpfen. Ist das mein Ende? Getötet vom langweiligsten gekleideten Dämon der Welt? Einen Wimpernschlag lang sehne ich mich danach, dass dieser Moment nie zu Ende geht. Soll er mich doch beißen oder küssen oder vögeln ...

»Madame, bitte verzeiht!«

Angst kriecht in mir hoch. Nicht genug, dass ich mir vorstelle, biederen Sex mit einem Chauvinisten des letzten Jahrhunderts zu haben, jetzt fürchte ich auch noch um mein Leben. Ich atme flach, Mr Darcys Mund ist nur wenige Zentimeter von meiner Halsschlagader entfernt. Er saugt meinen Geruch ein, etwas kratzt an meiner kleinen bitterbösen Seele, mein Blut pocht, drückt von innen an die Venen, verlangt nach draußen, um seine Bestimmung zu erfüllen. Was das ist, will ich mir nicht vorstellen. Sekunden später hat er mich losgelassen und sich einige Meter von mir entfernt.

»Madame, Ihr seht zu, bis zum Schluss!« Mr Darcys Augen schimmern wie die letzte glimmende Glut eines gewaltigen Feuers, bevor es erlischt, seine Lippen sind leicht geöffnet und trotz der Entfernung, die zwischen uns liegt, kann ich sehen, dass sich seine Nasenflügel blähen. Er verkostet meinen Geruch wie ein Weinkenner. Mein Magen rebelliert, ich bin dem Tod oder Schlimmerem entronnen. Keine Ahnung, wieso. Es hatte gar nichts mit meinem Mund und einem Schwanz zu tun.

Er lässt die Cleaner von der Leine, sie schlängeln sich auf den Kerl am Boden zu, der die Armstummel zur Verteidigung nach oben hält. Sie sind nur ein Schatten, doch das Männlein im Walde kann sie spüren, fast unsichtbar umkreisen sie den Pechvogel. Das macht ihr Handwerk umso schrecklicher. Mr Darcy knurrt, beide

Cleaner stürzen sich auf das zappelnde Opfer. Die Hände sind das erste, was zwischen den scharfen Zähnen verschwindet, dann stülpt sich ein Cleaner über die Beine des Frauenbetörers, der Stoff der Hose ist kein Hindernis, präzise wird die Haut vom Fleisch gesogen. Das Arschloch schlägt kraftlos mit den Beinen, was das Wesen nicht beeindruckt. Genüsslich schlürft es das Fleisch von den Knochen, bis auch diese verschwunden sind. Der Anblick des riesigen Penis, der aus den Gebeinen zu wachsen scheint, ist bizarr. Der zweite Cleaner befasst sich mit Gesicht und Oberkörper des Mannes. Ich möchte meine Augen schließen, doch ich kann nicht. Mr Darcy sieht mir zu. Seine Haltung zeichnet ihn als Jäger aus, eine falsche Bewegung meinerseits und ich avanciere zum Opfer. Also sehe ich mir das Schauspiel bis zum Ende an, wie er es befohlen hat. Nach kaum fünf Minuten erinnert nichts mehr an den Unglückseligen, der mich vergewaltigen wollte. Die Cleaner haben saubere Arbeit geleistet. Noch nie habe ich einen so krassen Deep-Throat-Blowjob gesehen.

Beide Cleaner beeilen sich, nach getaner Arbeit die Gasse zu verlassen. Mr Darcy gibt mir mit nur einem Zwinkern meine Fähigkeit zu sprechen zurück.

»Madame, Eure Bedenkzeit ist abgelaufen. Vorzeitig, da Ihr diese Sonderbehandlung durch Euer schockantes Verhalten verwirkt habt. Wie ist Eure Entscheidung?«

STOPP! Bei jeder beschissenen TV-Serie wäre jetzt die Zeit für eine Werbeunterbrechung. Fieberhaft überlege ich, wie ich mich aus der Affäre ziehen kann. Mein Vater wünscht sich ein Treffen und eine Entscheidung, was meine Zugehörigkeit zu seinem Team angeht. Team Luzifer gegen Team Menschheit. Wünschen ist lächerlich, ich habe keine andere Wahl. Oder vielleicht doch? Einen Aufschub, einige Tage oder besser Wochen.

»Können wir darüber sprechen?« Meine Stimme zittert. »Bitte!«

»Madame, Ihr werdet sicherlich verstehen, dass Ort und Zeit nicht dazu angetan sind, eine ergiebige Konversation zu führen.«

»Gehen wir zu dir oder zu mir?« Mein Versuch, die angespannte Stimmung mit einem Witz aufzulockern, zeigt nicht die beabsichtigte Wirkung. Mr Darcy steht plötzlich dicht hinter mir und ich quieke wie ein Ferkel, weil ich so erschrecke. Oh, das ist peinlich.

»Madame, Ihr reizt mich bis aufs Blut.«

Blut, das aus mir möchte, zu Darcy will, zu dessen gefälliger Verwendung. Meine Füße treten einen Schritt nach vorn, weg von ihm. Die Gasse ist so sauber wie geleckt. Wurde sie ja auch. Ich verdrehe die Augen, manchmal gehe ich mir selbst auf den Wecker. Sobald ich mich etwas von meinem Aufpasser entfernt habe, pulsiert mein Blut in normaler Geschwindigkeit durch meinen Körper. Das Denken fällt jetzt leichter.

»Ich möchte meinen Vater nicht sehen. Ich habe ihm nichts zu sagen.« Mr Darcy knurrt hinter mir. Wenn er mich jetzt in die Hölle schickt ...

Doch nichts geschieht. Die Sekunden dehnen sich wie Kaugummi – dieser spezielle, der die großen Blasen macht. Langsam drehe ich mich um ... und stehe allein in der Gasse. Darcy versteht sich nicht nur auf einen spektakulären Auftritt, er beherrscht ebenso den meisterhaften Abgang.

Erleichtert atme ich auf, aber ich weiß, das war noch nicht das Ende. Ich habe lediglich einen Aufschub gewährt bekommen und ich habe keine Ahnung, weshalb.

Traum Noir

Zwar weiß ich viel, doch möchte ich alles wissen.
Vers 601, Wagner

Die letzten hundert Meter bis zu meiner Wohnung kommen mir endlos lang vor. Ich bin müde, fühle mich schmutzig und will nur noch ins Bett. Verkriechen bis zum Jüngsten Gericht. Haha! Das Lachen ist mir vergangen, die Lust zu arbeiten auch. Kraftlos schleiche ich die Treppen nach oben, öffne vorsichtig die Tür und lausche erst, bevor ich meine Wohnung betrete. Nur keine Überraschungen mehr.

Die Schnupperprobe fällt unauffällig aus. Ich schlurfe ins Schlafzimmer, das Kleidchen fällt von mir ab wie meine Schuldgefühle, glatt und ohne Widerstand. Ein Blick auf den Wecker sagt mir, dass ich noch zwei Stunden schlafen kann. Montag ist mein Lieblingstag, denn Gabriel besucht mich jeden Montag in der Bücherei. Meine gute Laune kehrt zurück. Ich sinke aufs Bett, rolle mich zusammen, genieße die kostbare Seide auf meiner Haut und entspanne mich.

So lässt es sich leben.

Träume sind der Spiegel der Seele? Ich weiß, dass ich träume und kann mich entscheiden, die Story zuzulassen oder eben nicht. Bleibe ich im Traum, kann ich keinen Einfluss darauf nehmen, dann muss ich im *Film noir* bis zum Ende mitspielen. Nach den beschissenen Erfahrungen vieler Jahre bin ich vorsichtig geworden.

Die Szenerie besteht aus Sonnenschein, gepflegtem Rasen, einem historischen Gebäude aus weißem Granit. So weit, so gut. Bunte Luftballons zieren ein gebogenes Geländer, die Stufen sind geschmückt mit weiß und rosa blühenden Hortensien. *So schlecht kann das ja nicht sein*, überlege ich und befinde mich sofort in der Handlung. Ich eile einen blank gefegten Weg entlang, das Gebäude mit den tanzenden Ballons ist mein Ziel. Was da in einem großen Saal auf mich wartet, ist mein größter Wunsch. Ich trage ein langes Kleid, meine offenen Haare fallen bis auf meine Hüften. Die Sonnenstrahlen glitzern auf meiner Haut und eine tiefe Glückseligkeit breitet sich in mir aus.

Der perfekte Augenblick.

Ich lasse mich durch nichts aufhalten und laufe schneller. Nicht viel, denn die Vorfreude, was ich im Gebäude vorfinden werde, ist so überschäumend, dass ich das Gefühl hinauszögern möchte. Noch nie in meinem Leben war ich mir so sicher, das Richtige zu tun. Nur noch wenige Meter trennen mich von den Stufen, als die Sonne plötzlich von schwarzen Wolken verschluckt wird, die den sanften babyblauen Himmel aufzufressen scheinen. Aufkommender Wind zerrt an meinen Haaren, peitscht Strähnen in mein Gesicht, die mir die Sicht nehmen. Ich bleibe stehen, finde Halt inmitten des tobenden Sturms, der mein persönliches Paradies in seine Bestandteile zerschlägt und wegträgt wie der Wirbelsturm das Farmhaus samt Dorothy und Hund im *Zauberer von OZ*. Fassungslos sehe ich zu, wie die Luftballons in den Himmel wirbeln, das Treppengeländer aus Granit liefert sich mit ihnen ein Wettfliegen, bis die Schwärze der Wolken sie verschluckt. Der Sturm wird zum Orkan, das Haus zerbröselt in Sekundenschnelle wie ein altes Brötchen unter dem Messer. Ich muss mich beeilen, Leben retten, scheiß drauf, ein Leben retten, das Leben retten, doch ich stehe festgenagelt auf dem Trottoir, riesige Nägel stecken in meinen Schuhen.

Wer hat das getan? Irgendetwas stimmt hier nicht mit meinem Traum. Seit wann denke ich so geschwollen wie ein steifer, langweiliger Pseudogentleman, der doch nichts anderes ist als ein verpisster eitler Dämon aus der Hölle?

»Darcy!« brülle ich außer mir. Hass schäumt wie Gischt in meiner Seele. »Raus aus meinem Traum!«

»Eurethalben!« Die sanfte Stimme übertönt das Gebrüll des Orkans, ich schlage die Augen auf.

»Mr Darcy!« Wenn ich könnte, wie ich wollte ...

Der fieseste aller Dämonen sitzt lässig, die langen Beine überschlagen, in einem Sessel neben meinem Bett und sieht mich schweigend an. In seiner Hand hält er eine

Tasse mit Tee, was mich irritiert. Hat er etwa in meiner Küche herumgekramt?

Wie immer wirkt er wie aus dem Ei gepellt, allerdings hat er sich modetechnisch weit aus dem Fenster gelehnt, sein Hemd hat die Farbe von Flieder; die schwule Variante. Egal wie oft am Tag er sich umzieht, es sieht immer angepasst aus. Wäre ich Dornröschen, bräuchte ich keine Spindel, um mich zu stechen, dieser Modegeschmack würde genügen, mich in einen hundertjährigen Schlaf fallen zu lassen. Ich muss grinsen, das vergeht mir allerdings gleich wieder.

»Madame! Schön, Euch bei bester Gesundheit anzutreffen. Ich war etwas in Sorge. Es ist windig draußen.«

Wir sehen beide zum Fenster. Kein Lüftchen regt sich. Keine Luftballons. Er spielt auf den Orkan in meinem Traum an.

Seine volle Oberlippe zieht sich leicht nach oben. Das soll wahrscheinlich ein Lachen sein. Dieser Witzbold!

»Hast du heute einen Clown gefrühstückt? Was zur Hölle hast du in meinem verfickten Traum zu suchen?«

»Madame, achtet bitte auf Eure Wortwahl! Drückt Euch standesgemäß aus!«

Ich würde gern kotzen, ganz standesgemäß direkt auf sein fliederfarbenes Hemd.

»Also, was hast du in meinem gebumsten Traum zu suchen?« Verfickt soll ich nicht sagen, gebumst tut es auch. Das Zimmer lädt sich langsam mit Spannung auf. Es würde mich nicht wundern, kleine blaue Flämmchen tanzen zu sehen, und als ich in Darcys Augen blicke, lodern dort Flammen, für deren Farben es in dieser Welt keine Worte gibt.

Vorsicht!, denken Sie vielleicht, dünnes Eis und gefährliches Terrain. Das ist es. Allerdings dürfen Sie meine Natur nicht vergessen, ich habe dämonisches Blut in mir. Heißes, loderndes Blut, und es pumpt in Höchstgeschwindigkeit durch meinen Körper.

»Ist es denn zu viel verlangt, wenn ich mir wünsche, dass meine Privatsphäre respektiert wird?« Wütend springe ich aus dem Bett und baue mich vor Darcy auf, der mich emotionslos ansieht, obwohl ich nackt bin und er komfortabel sitzend in meine Brüste beißen könnte. Auch wenn ich stinksauer auf sein Eindringen in meinen Traum und in meine Wohnung bin, irritiert mich doch sein Desinteresse an meinem unbekleideten Körper. Probehalber wackle ich mit meinen Möpsen vor seinem Gesicht herum. Keine Reaktion. Der spinnt wohl? Dämonenarsch!

»Ihr mimt das kleine Mädchen recht gut, jedoch ist mein Begehr ein anderes, als diesem Schauspiel beizuwohnen. Setzt Euch nun!«

Automatisch nehme ich auf dem Bett Platz, meine Beine ignorieren mein Widerstreben und ich plumpse nichtstandesgemäß auf die weiche Matratze.

»Möchtet Ihr eine Tasse Tee? Das ist gut für jedwede Art von Brausekopf.«

Ich verdrehe die Augen, bis ich aussehe wie ein Medium kurz vor dem Orgasmus. Ich habe kein gutes

Gefühl bei der Sache. Meine Beine versagen mir noch immer den Dienst, nicht einmal die Zehen lassen sich bewegen. Ich bin gefangen, allein durch den Willen vom Langweiler höchstpersönlich. Ich bin die Tochter Satans, was im Moment für den Arsch ist und mir keine Vorteile bietet.

»Keine Sorge, Madame. Meine Absichten sind sittsam, seid Ihr mir doch ans Herz gewachsen – trotz Eurer Eigenheiten, die wahrlich wenig mit Ehrbarkeit zu tun haben!« Mr Darcy nippt mit gespitzten Lippen und abgespreiztem kleinen Finger an meiner Tasse. Was für ein Schmierentheater!

»Was möchtest du von mir?«

»Nur Eure Haut und Euer Haar.« Er sieht mir tief in die Augen, mein Herz setzt einen Schlag aus und hüpft dann erschreckt gegen meine Rippen.

»Ein Scherz, Madame, nur ein Scherz. Ich bin der Überbringer der Nachricht Eures Vaters. Eure Bemühungen, ein Leben ohne die Familie zu meistern, blieben nicht verborgen, ebenso wie Eure, sagen wir, Bübereien.«

»Hä? Was bedeutet ...?«

»Schurkereien, Madame, Entgleisungen. All die Verfehlungen, die schließlich zum unappetitlichen Tod mehrerer Menschen unterschiedlichen Geschlechts geführt haben.«

»Missgeschicke! Ich habe mich doch entschuldigt!«

»Das habt Ihr, Madame, und das zeugt wahrlich von geistiger Größe.«

»Verarschst du mich? Welche Größe? Es ging mit mir durch, okay? Ich habe es nicht leicht in meinem Leben, das kannst du mir glauben.«

»Nicht leicht im Sinne von ...?« Darcys Finger streicheln langsam den Pelz meines achtlos über den Stuhl geworfenen Mantels.

»Ja!« Meine Stimme wird höher. Versteht mich denn wirklich niemand? »Gut! Ich habe mir diesen Mantel gekauft, Pelz, buuuhhhh! Bin ich böse!«

Meine Argumente waren schon mal besser. Ich sollte in Erwägung ziehen, mich selbst in die Luft zu sprengen, eine Fünfjährige könnte man ernster nehmen als mein dummes Geschwafel.

»Madame, Ihr habt Euch von der Familie abgewandt, leugnet Zugehörigkeit zu den Begründern der Menschheit. Ihr seid weggelaufen, habt Chancen und Möglichkeiten weggeworfen ...«

»Auf das Trottoir?« Was bin ich doch geistreich und witzig!

»Ihr seid fürwahr nicht großjährig. Das spielt keine Rolle. Ihr habt Euch zu Eurem Vater zu begeben, um über seine Offerte zu sprechen.«

Das Gesagte tröpfelt langsam wie zäher Honig in meinen Verstand. Was habe ich getan?

»Meine, ähm, Ausrutscher?«

»Wie meinen? Dieser Melissentee ist köstlich!«

»Der Grund, weshalb er mich sehen möchte. Geht es um meine Ausrutscher?«

»Es obliegt mir nicht, darüber mit Euch zu sprechen.«

»Was, wenn ich nicht möchte?«

Mr Darcy schmunzelt und mich beschleicht das unangenehme Gefühl, gerade in seine Falle getappt zu sein.

»Madame, Ihr seid ganz die Tochter Eures Vaters und immer für eine Überraschung gut. Wie nennt sich der Glückliche? Gabriel? Welche Kraft doch in einem Namen innewohnt!« Elegant erhebt sich der Dämon, krümmt den Zeigefinger in meine Richtung und meine Beine nehmen ihren Dienst wieder auf. Nicht, dass ich darauf Einfluss hätte! So trotte ich splitterfasernackt hinter Gehrock-Darcy her und darf ihm bei der Teezubereitung zusehen.

»Ich würde mir gern etwas anziehen. Es ist kalt.«

Sofort liegt der Pelzmantel um meine Schultern.

»Danke.« Soll ihm der Tee seinen Schlund verbrennen und zurück in die Hölle schicken. »Woher weißt du von Gabriel?« Dann fällt der Groschen. Mein Traum. Deshalb hat er sich darin rumgetrieben, um Informationen zu sammeln und mich damit zu erpressen. Das ist nicht gut! Mit einem Mal sehe ich mein Gegenüber mit anderen Augen, so blöd ist Mr Darcy gar nicht. Im Gegenteil sogar, das war ein guter Schachzug, aber nicht mehr. Da bin ich um Klassen besser.

»Bist du jetzt befördert worden? Vom Tierpfleger zum Agenten? Ich hoffe, das ist es wert.»

»Falls es Euch entgangen ist, Madame, ich kümmere mich um den Erhalt Eurer Beziehungen zur Familie.

Euer Vater wird erfreut sein, wenn ich ihm darüber berichte, dass Amors Pfeil Euch getroffen hat.«

»Ja. Wow! Amor.«

»Die Anziehung beruht auf Gegenseitigkeit? Natürlich! Kein Erdenkind kann Euch widerstehen. Außer, Ihr würdet die wahre Liebe einfordern. Nur, weshalb solltet Ihr diesen Weg beschreiten wollen?«

Es rattert hinter Mr Darcys glatter Stirn. Verdammt! Spinnt er den Gedanken weiter, weiß er Bescheid?

Wie soll ich das erklären? Natürlich liebt mich Gabriel, er kann es nur nicht so ausdrücken. Was soll ich dem höllischen Schnösel jetzt sagen?

»Ihr solltet Euch mit der Antwort sicher sein, Madame. Eine Lüge aus Eurem Munde, und wir werden eines fürchterlichen Todes sterben.« Er wedelt mit einem Seidentaschentuch vor seiner Nase herum und zwinkert mir zu. »Ein Hauch von Hölle, Madame. Wahrlich! Nun?«

Jetzt rattert es in meinem Kopf. Wie ziehe ich mich da nun wieder heraus?

»Es wäre gegenseitig, wenn ich mich zeigen würde. Ich möchte die wahre Liebe, den freien Willen, das ganze Programm. Ich will es so, wie die Menschen es tun.«

Mr Darcy lächelt. Unverbindlich. »Also habt Ihr Euch gegen Eure ... Talente entschieden? Fatigant! Das wird Eurem Vater nicht gefallen! Ihr wehrt Euch, verleugnet Eure Macht, geht Risiken ein ... doch es ist Eure Entscheidung. Wie jeder gute Vater interessiert sich auch der Fürst der Hölle für seinen zukünftigen

Schwiegersohn. Als eventuell vollwertiges Familienmitglied sozusagen.«

»Was weiß er denn?«, kommt es mir ängstlich über die Lippen. Vollwertiges Familienmitglied? Was soll das bedeuten?

»Was weiß Euer Vater nicht? Ich kam nicht umhin, ihn gerade eben über die neuesten Entwicklungen zu informieren. Die Hochzeit Eurer Mutter, ein Partner an Eurer Seite, die Weigerung, ihm etwas Raum in Eurem Leben zu schenken ...«

»Er ist der Teufel, verdammt noch mal! Herrscher über Kreaturen wie die Cleaner, Seeker und Healer! Wieso lässt er mich nicht in Ruhe? Hat er nicht genug zu tun?«

»Er ist Euer Vater, Madame! Und Ihr benutzt ihn und seine Macht, wenn Ihr in Schwierigkeiten seid oder Euer kleines Gehalt nicht ausreicht, um Euch all die teuren Wünsche zu erfüllen. Das ist gut, Madame, wäre ich Euer Richter, Ihr hättet nichts zu befürchten. Ihr seid, was ihr seid, und ich liebe Eure Diversität.«

Wie ein Tänzer bewegt er sich auf mich zu und bleibt vor mir stehen. Der Pelzmantel gleitet von meinen Schultern, nackt und mit angehaltenem Atem spüre ich seine Blicke wie Hände auf meinem Körper.

»Die Vielfältigkeit Eures Körpers, der sich in seiner Vollkommenheit die zarte Verletzlichkeit bewahrt hat. Euer Blut, dem es begierig verlangt, von mir getrunken zu werden, sich wünscht, mit meinem Blut eine symbiotische Hochzeit zu feiern.«

Jedes Wort, das er spricht, lässt mein Innerstes vibrieren, ein Sehnen steigt in mir auf, fremdartig und dunkel.

»Ich weiß genau, was Euch verlangt, Madame. Und alles in mir dürstet danach, der Eure zu sein.«

Langsam hebt er die Hand.

Fass mich an!, denke ich zitternd. *Scheiß auf alles, fass mich an!*

»Wie gern würden sich meine Zähne in Euren liebreizenden Hals schlagen, Madame ...«

Ich presse meine Augen zusammen und warte ergeben auf eine Reaktion. Im nächsten Augenblick bin ich frei, im wahrsten Sinne des Wortes. Mit der Freude, wieder Herrin meines Körpers zu sein, steigt augenblicklich ein infernalischer Zorn in mir auf, wie ich ihn nur selten von mir kenne. Wo ist er hin?

»Madame, Ihr solltet Euch holen, was Ihr begehrt. Wahrlich seid Ihr Mensch, sehnt Euch nach Liebe, nach geistigem Verzehr und ewigem Hunger. Besinnt Euch, Malena! Ihr seid mehr als eine Mamsell. Nehmt, was Euch zusteht und verzeiht meine Demonstration, Ihr scheint Euch wohlgefühlt zu haben.«

Mr Darcy sitzt wieder in dem Sessel neben meinem Bett.

»Das ist nicht der Ausdruck meiner Wahl«, zische ich böse in seine Richtung. Um keine Folter der Welt würde ich zugeben, dass ich traurig und verletzt bin und sich eine seltsam anmutende Sehnsucht in meinem Inneren festgesetzt hat. Und wenn ich weiterhin so geschwollen denke, schlage ich mit dem Kopf gegen die Wand!

»Gabriel wird sich für mich entscheiden, nicht weil ich meine teuflische Anziehung einsetze. Er soll sich in mich verlieben – auf menschliche Art. Liebe, Darcy, die Fähigkeit zur wahren Liebe zeichnet die Menschen aus. Ich bin auch ein Mensch. Weshalb kann ich also nicht in beiden Welten leben? Weshalb?«

Darcys bernsteinfarbene Augen leuchten einen Moment auf. »Wie Ihr wollt, Madame. Euer Vater kommt Euch entgegen ... wieder einmal.«

Ich setze mich zurück aufs Bett, ziehe fröstelnd das seidene Laken über meinen Körper. »Was heißt das jetzt?«

»Die Hochzeit Eurer Mutter ist ein großer Tag für Euch, quasi ein Meilenstein. Seid Ihr nicht zur Brautjungfer berufen?«

Mein Zähneknirschen dröhnt in meinen Ohren wie ein Presslufthammer. »Das bin ich.«

»Gut. Euer Vater wird der Hochzeit beiwohnen, inkognito selbstverständlich. Er möchte Eure Mutter nicht kompromittieren, sondern die Gelegenheit nutzen, Euren ... Freund kennenzulernen. Ihr solltet bis dahin Euren Mondritter leichtlich überzeugt haben, Euch zu lieben, auf Menschenart. Ansonsten werden Euch Aufmerksamkeiten entzogen, auf die Ihr sicherlich nicht verzichten wollt. Euer Vater nimmt seinen Erziehungsauftrag sehr ernst, Madame.«

»Klar. Deshalb war er auch all die Jahre immer für mich da. Eine Erziehungsmaßnahme, ich verstehe vollkommen. Wie die Sache mit dem Lügen, richtig?«

»Euer persönlicher Hauch von Hölle, Madame.«

Lachen Sie jetzt? Ich bin davon überzeugt, Sie können es sich nicht vorstellen, in welcher Situation ich mich befinde. Ganz unten, am Arsch! Das alles nur wegen Doppel-D-Blondie, die wahrscheinlich den Cleanern Verstopfung verursacht hat. Am liebsten würde ich sie immer wieder aufs Neue explodieren lassen, denn sie ist die Scheiße, die an mir klebt und sich nicht abwaschen lässt.

»Kann ich etwas dagegen tun?«

Mildes Lächeln von Team Satan. »Es wird mir eine Freude sein, Ihren Ideen zu lauschen. Und, Madame, das 21. Jahrhundert ist nicht dazu geeignet, Pelz zu tragen, damit erfüllen Sie alle kleinkarierten Klischees.«

Als meine verdrehten Augen zu ihrer normalen Position zurückgefunden haben, bin ich allein in der Wohnung und spät dran. Ich muss los. In dreißig Minuten beginnt meine Arbeit. Ich habe keine Zeit und keine Lust, mir über einen tierlieben, ambivalenten Dämon den Kopf zu zerbrechen. Den Mantel verbanne ich in den hintersten Winkel meines Schrankes.

Scheiße! Darcy hat recht.

Lieblicher Engel

Der Worte sind genug gewechselt,
lasst mich auch endlich Taten sehn;
Vers 214 ff, Direktor

Meine Entscheidung, in der Universitätsbibliothek zu arbeiten, ist meinem ewigen Hunger nach Wissen geschuldet. Während ich arbeite, lese ich, rieche den Duft des Papiers, den hunderte Menschen beim Umblättern der Seiten hinterlassen haben. Die Erzählungen in den Büchern vermischen sich mit den Schicksalen jedes einzelnen Individuums, das sie jemals berührt haben.

Aber es ist nicht das Wissen allein, was für mich die Literatur so anziehend macht, es sind die Geschichten um Verwicklungen und Emotionen, die mich neugierig machen, mehr darüber zu erfahren. Wie sehr die Menschen doch lieben können! Mit Inbrunst und Leidenschaft. Schmerz und Liebe liegen nur einen Hauch entfernt, beides scheint der Inbegriff menschlicher Sehnsüchte zu sein. Da werfen sich Frauen aus Liebe vor den Zug, verlassen Mann und Kinder für ein Gefühl, das nicht erklärbar ist und keine Sicherheit bietet. Kriege werden geführt, Verbrechen begangen, alles für ein simples Gefühl.

Johann Wolfgang von Goethe drückt es so aus: »Nur, wer die Sehnsucht kennt, weiß, was ich leide!« Sein Gedicht über die Sehnsucht ist länger, doch für mich ist es Aussage genug. Scheinbar ist das Verhältnis lächerlich, also wirklich. Für die Liebe alles tun? Eine Emotion, die so weit geht, sich für keinen anderen Menschen, sexuell gesehen, zu interessieren? Witzig! Und auch anziehend, menschlich. Ich mag dieses Wort, Mensch sein, es ist positiv, menschlich sein, gut sein, lieben ... Teufel hin, Tochter her, ich sehne mich nach Liebe. Nicht nach dem Tod und dem Schmerz, nein, nach dem Teil, der mich vollständig macht, meine fehlende Hälfte, die *media naranja,* wie die Spanier sagen.

Und so gehe ich einer Tätigkeit nach, verdiene ein Gehalt als Angestellte der Stadt, von dem ich mir nicht vorstellen kann, dass irgendjemand davon leben kann. Ich bin es gewohnt, mich mit schönen Dingen zu umgeben und lebe im Sinne von Oscar Wilde, der sagte: »Man umgebe mich mit Luxus, auf alles Notwendige kann ich verzichten.«

Eines dieser schönen Dinge betritt das Gebäude, ich kann ihn riechen, bevor ich ihn sehe. Mein lieblicher Engel, ein schöner Mensch – innen wie außen. Meine fehlende Hälfte, meine *media naranja.* Ich stehe im ersten Stock der Galerie, beuge mich über das Geländer und sehe ihn. Er steht am Infoschalter und scherzt mit der neuen Mitarbeiterin Anja herum. Ihr pubertäres Kichern vermischt sich mit seinem Lachen. Ich beuge mich noch etwas weiter nach vorn, würde gern mehr erkennen, da rutscht mir meine Nerdbrille von der Nase, fällt nach unten und landet vor einem Studenten, dessen riesige Pickel wie kleine aktive Vulkane zur mir leuchten.

Mist! So eine Kacke! Hoffentlich ist sie nicht kaputt. Der Student nimmt die Brille, sieht nach oben zu mir und stellt die völlig bescheuerte Frage: »Hallo! Ist das Ihre Brille?«

Es ist eine Tatsache, dass es in einer Universitätsbibliothek nicht so laut ist, dass das Gebrüll eines degenerierten Neandertalers auf der Jagd im Geräuschpegel untergehen würde. Es ist still, selbst Anja kichert nicht mehr, alle starren auf mich. Vorsichtig schiebe ich meinen Oberkörper wieder nach hinten, ich möchte nicht den Eindruck einer Selbstmörderin vermitteln, die zuerst ihre Brille in die Tiefe wirft und dann hinterherspringt.

»Hallo! Ist das Ihre ...?«

Zur Hölle noch mal, Dumpfbacke, halt doch einfach die Fresse!

»Ja. Danke. Moment, ich hole sie.« Wie eine Gazelle laufe ich die Stufen nach unten und versuche, Studenten-Pickel nicht in die Augen zu sehen, reiße ihm die Brille aus der Hand und tippe kurz auf seine Fingerknöchel. Gleichzeitig wünsche ich ihm einen Dauerständer, was seinem Mikroschwanz sicherlich keine Schwierigkeiten bereiten wird. Eine Woche sollte genügen, um ihn zu lehren, nicht in öffentlichen Gebäuden herumzuschreien.

»Danke.« Jetzt sehe ich doch in seine Augen und freue mich über das schockierte Gesicht und seine Hände, die unter den Tisch fahren und nach dem Rechten suchen. Da scheint etwas zu wachsen! Ich grinse böse, das hat Spaß gemacht, drehe mich um und stehe Gabriel gegenüber. Erschrocken zucke ich zurück und stoße an einen Stuhl.

»Alles okay mit dir?«

»Äh, ja. Danke.«

»Kevin, was hast du denn? Kann ich dir helfen?«

Ich drehe den Kopf zur Seite und sehe Studenten-Pickels Gezappel. Der Angesprochene antwortet nicht, sein hochroter Kopf liegt auf dem Tisch, während die unteren Regionen nervös zucken. Ja, Kevin hat was. Einen Prachtständer, den er unter dem Tisch zu verbergen sucht. Er keucht wie ein Walross, weshalb ich mir ein süffisantes Lachen verkneifen muss und murmle: »Wenn mich jemand braucht, ich bin auf der Galerie.«

Schnell bringe ich mich aus der Gefahrenzone, nicht ohne Gabriel mit meinem Arm im Vorbeigehen zu streifen. Er blickt zu mir, irritiert, und wendet sich dann wieder dem Dauerständer zu.

»Kevin, soll ich einen Arzt rufen?«

»Nein, um Gottes Willen, lass mich einfach in Ruhe!«

»Aber du hast doch Schmerzen!«

»Das geht dich nichts an. Lass mich jetzt und verpiss dich endlich!«

Von oben kann ich den Tumult angenehm verfolgen. Gabriel scheint sich wirklich Sorgen zu machen, er ist einfach zu gut für diese Welt. Sein engelsgleiches Haar trägt er heute zu einem Pferdeschwanz gebunden, das sieht sehr gut aus. Auch die zarte Röte in seinem Gesicht steht ihm ausgezeichnet, betont sie doch seine wunderhübschen Augen. Und dann dieser knackige Hintern ... und sein Hals, auf dem der Adamsapfel hin und her hüpft, während er nervös schluckt und sich Sorgen macht. Ein Leckerbissen, wie er im Buche steht.

Gabriel sieht suchend zur Galerie herauf. Er hält nach mir Ausschau. Nach mir. Endlich! Ein friedliches Gefühl überflutet meinen Körper, der damit überfordert zu sein scheint, denn mir wird schwindlig. Ich taumle in Glückseligkeit, schwanke im Strom der Emotionen, als mein Engel die Treppen nach oben steigt und auf mich zugeht. Jetzt wäre der Zeitpunkt für Slow Motion, Gabriel in Zeitlupe, Locken haben sich aus seinem Zopf gelöst, die Jeans im Destroyed-Look offenbart muskulöse Oberschenkel, betont nicht nur seinen knackigen Hintern, ich habe einen guten Blick auf das Vorderteil ... Oh, er ist gut bestückt. Seine Haltung ist lässig, der Gang zeugt von Selbstbewusstsein, er trägt ein weißes Leinenhemd, das seine breiten Schultern betont. Um seine vollen Lippen spielt ein Lächeln, er freut sich, mich zu sehen, er ist meinetwegen hier. Ich könnte ihm ewig zusehen, gleich ist er an meiner Seite. Gabriel, meine Liebe, mein Engel.

»Sag mal, unten kann ich keinen der Mitarbeiter finden, wir sollten einen Krankenwagen für Kevin rufen.«

»Meinst du? Vielleicht sollten wir noch abwarten. Es scheint ihm doch schon besser zu gehen.«

Wir treten beide zum Geländer und sehen auf Kevin hinunter, der sich jetzt stöhnend auf dem Boden wälzt.

»Sieht nicht so aus, als würde es ihm besser gehen. Was kann er nur haben?«

Ich bin nicht doof und schweige. Eine höllische Duftwolke ist das Letzte, was ich jetzt gebrauchen kann – jetzt, da die Chance gewaltig ist, dass mich Gabriel um ein Date bittet. Schweigen ist nicht Lügen und letztlich ist es wohl kaum wichtig, warum sich Pickel-Kevin auf dem Boden wälzt, sondern nur die Tatsache, dass ich seine Retterin bin.

»Du hast recht, ich rufe den Notarzt.« Nur ungern trenne ich mich von Gabriel, krame mein Handy aus der Tasche und wähle den Notruf. Leider sehe ich auch die Mitteilungen, die mich anspringen wie ein tollwütiges Tier: Siebenunddreißig Anrufe in Abwesenheit. Du meine Fresse, Mutter!

Nachdem ich den Vorfall geschildert und, ich gebe zu, auch etwas heruntergespielt habe, lächle ich Gabriel verführerisch an, achte aber darauf, ausschließlich meine menschliche Seite zu zeigen.

»Danke, äh, wie heißt du noch?«

Er hat mich das schon mehrfach gefragt, achtzehnmal, um genau zu sein. Seltsamer Flirtversuch.

»Malena. Ich heiße Malena.«

»Okay, Malena. Danke schön für deine Hilfe. Ich gehe dann mal wieder nach unten.«

Kevin jault und macht einem kompletten Wolfsrudel alle Ehre. Gabriel sieht ihm zu, macht aber keine

Anstalten, nach unten zu gehen. Er möchte bei mir bleiben. Bei mir! Das ist mein Stichwort. Auf geht's, Malena, schnapp ihn dir!

»Gabriel?«

»Du weißt, wie ich heiße?«

»Ja, klar. Von deinem Ausweis. Sag mal, was machst du abends immer so? Also nach der Uni, meine ich. Weil du so fit aussiehst.« Den letzten Satz füge ich schnell hinzu, er führt seine Augen über meinen Körper Gassi, bleibt an meiner Hose hängen, die mir nicht schmeichelt und mich charmant rund aussehen lässt.

»Ich laufe viermal die Woche acht Kilometer. Was treibst du so für Sport?«

Ficken ganz gern, sportlich reitend, bevorzugt mit drei bis vier Männern, hintereinander oder gleichzeitig. Ich bin da dehnbar. Also Fick-Pilates.

»Ich bin eher die Leseratte.«

»Es geht doch beides.« Gabriel lacht. Unglaublich, wie gut es sich anfühlt, wie ein kleines Dummerchen behandelt zu werden.

»Wo läufst du denn?«

»Im Frankfurter Stadtwald. Möchtest du dich anschließen?«

Mein Mund ist trocken und ich juble leise in mich hinein. Gut, dass ich mir vor einigen Wochen das Brautkleid gekauft habe. Jetzt bin ich für alle Eventualitäten gerüstet, höre fast schon die Kirchenglocken läuten.

»Das wäre klasse! Gibst du mir deine Telefonnummer? Dann rufe ich dich an.«

Selbstverständlich besitze ich seine Nummer schon längst und auch die passende App dazu. *Lovely* heißt sie, ziert mein Handydisplay mit einem riesigen roten Herz, das mich quasi auf Knopfdruck mit meinem Liebsten verbindet.

»Okay, äh ...«

»Malena«, helfe ich aus. »Ich melde mich dann.«

Kevin wird vom Notarzt abgeholt, er schreit und weigert sich, vom Boden aufzustehen, hält seinen Schritt mit den Händen bedeckt. Ich habe noch viel Arbeit zu erledigen, das miesepetrige Gesicht meiner Chefin ist mir aufgefallen. Als wenn das Chaos hier meine Schuld wäre! Bevor ich mich wieder den Regalen und dem Sortieren der Bücher zuwende, beobachte ich die Sanitäter, die ihre gute Erziehung einen Augenblick vergessen, Kevin mit dem nötigen Nachdruck hochheben und auf die Trage werfen. Ich möchte mich gerade an die Arbeit machen, als ich fast in die infernalische Telefonzelle stolpere. Ich nehme den Hörer ab und halte ihn an mein Ohr.

»Du kannst! So wolle nur!« Die krächzende Stimme kommt mir vage bekannt vor.

»Ja, originell. Lass mich raten? Goethes *Faust*?«

»Der Menschheit ganzer Jammer fasst mich an.«

»Ist gut jetzt, meine Güte, wie vorhersehbar!«

»So vorhersehbar wie die Notwendigkeit unseres Einsatzes.«

Was soll das denn heißen? Ganz schön frech.

»Ich brauche niemanden von euch. Danke schön.«

»Du vielleicht nicht, zarte Malena, der junge Mann auf einer Trage wahrlich schon.«

»Er lebt. Wo ist das Problem?«

»Das Problem ist, dass es nicht so häufig vorkommt, was du dem Jungen angetan hast. Wir können nicht zulassen, dass Fragen gestellt werden.«

»Du bist also jetzt ein Wir? Warum, bist du befördert worden? Hast du etwa an einer Weiterbildung teilgenommen? Es geht dich nichts an, was hier passiert ist. ICH rufe DICH an, wenn ich Hilfe brauche. Einen Cleaner, einen Seeker oder einen Healer. Ich brauche niemanden. Okay? Kapiert?«

Das Schweigen dehnt sich aus. Dann kann ich ein Zischen vernehmen, als spräche eine degenerierte Schlange mit einer anderen.

»Moment! Bleib bitte am Telefon, ich verbinde.«

»Halt! Wart doch mal, du doofes Stück Schei...«

»Madame! Wie angenehm, jetzt auch über diesen Kanal mit Euch zu kommunizieren!«

Ich schlage den Hörer erschrocken auf die Gabel. Das fehlte mir gerade noch. Siebenunddreißig Anrufe in Abwesenheit von meiner Mutter und dann noch Mr Darcy an der Strippe dieser höllischen Telefonzelle ... Nein, das ist mehr, als ich ertragen kann. Es klingelt, der Ton ist so furchtbar, dass ich innerhalb einer Sekunde den Hörer abnehme.

»Mr Darcy! Das Vergnügen ist ganz auf meiner Seite.«

»Seid Ihr wohlauf? In Euren Liebesangelegenheiten ist alles romantisch? Habt Ihr die Einladung zur Hochzeit schon ausgesprochen?«

»Nein, Mr Darcy, dazu hatte ich noch keine Gelegenheit. Aber danke, dass du immer wieder nachfragst.«

Wieder dieses Zischen und Gemurmel auf der anderen Seite.

»Gibt es denn ein Problem, vielleicht personeller Natur?«

»Schhhh, Schluss jetzt!«, raunzt Mr Darcy die vorlaute Telefontante an. Richtig so!

»Das Personal hat vielleicht ein Problem, nichts, über das Ihr Euch Gedanken machen müsstet. Ich habe einen Healer beauftragt, Euren Ausrutscher zu beseitigen.«

»Was?«

»Den Penis.«

Damit ist das Gespräch beendet, die Telefonzelle verschwindet, ich räume das Regal weiter ein und warte auf die Pause, um meine Mutter anrufen zu können. Die Anzahl der Anrufe lässt nur auf eine Katastrophe schließen. Vielleicht ist Porno-Peter in das Loch zurückgekrochen, aus dem gekommen ist?

Size Zero

Mich dünkt, die Alte spricht im Fieber
Hexenküche

Ich erfahre es zeitnah in meiner Mittagspause und muss feststellen, dass ich mich nicht auf meine Menschenkenntnis verlassen kann.

»Schätzchen! Wo bist du denn?«

»In der Bibliothek, Mutter. Aktuell habe ich Pause und bin außerhalb des Gebäudes.«

»Ahh! Natürlich. Ich muss dir uuunbedingt etwas erzählen, kannst du dich setzen?«

»Ich kann gut im Stehen mit dir sprechen.«

Aus sicherheitstechnischen Gründen befinde ich mich in einem kleinen Park mit Spielplatz, der nicht besonders stark frequentiert ist. Sollte ich lügen müssen, würde der Kollateralschaden hier draußen überschaubar sein.

»Peter hatte die zauberhafte Idee, dass wir uns vorrübergehend eine Wohnung mieten. Frankfurt ist eine so wundervolle Stadt. Was meinst du dazu? Wir könnten die Hochzeit hier feiern.«

Den zauberhaften Porno-Peter soll der Blitz treffen!

»Aha, okay.«

»Du klingst nicht begeistert.«

Was meine Mutter wirklich gut kann:

1. Ein schlechtes Gewissen machen.

2. Mich an den Rand des Wahnsinns bringen.

3. Mich vom Rand in den Wahnsinn schubsen.

»Das kommt alles so überraschend.«

»Hach, Schätzchen, für mich doch auch. Ich fühle mich so jung, ich kann mich nicht erinnern, jemals so glücklich gewesen zu sein.«

»Schön!«

»Kannst du dir nicht morgen freinehmen? Wir haben einen Termin im Brautmodengeschäft.«

»Was?«

»Wie bitte, sagt man!«

»Wie bitte?« Mein rosa Elefant ist schon zu sehen, ich befinde mich also in einer Situation, die keinen bissigen Kommentar zulässt.

»Also, Schätzchen, morgen elf Uhr bei Brautmoden Tatjana.« Mutter nennt mir eine Adresse in Bad Homburg, einem Städtchen nördlich von Frankfurt.

»Ich muss mir freinehmen.«

»Ja, Schätzchen, mach das doch. Wir probieren die Kleider und du erzählst mir, was es Neues in deinem Leben gibt.«

»Ja, gut.«

Wie ziehe ich mich nur aus dieser Bredouille?

Guten Morgen, Mutter, mein Vater, der Teufel persönlich, wird zu deiner Hochzeit kommen, um mich zu sehen und einen Mann kennenzulernen, den ich liebe und zur Hochzeit mitbringen werde.

Ach, du weißt nicht, dass mein Vater Satan ist? Na ja, ist ja nicht soooo schlimm. Miese Kerle gibt es schließlich wie Sand am Meer.

»Du benimmst dich heute wirklich seltsam, Schätzchen. Belastet dich etwas?«

»Musst du solche Fragen stellen? Bis morgen um elf Uhr in Bad Homburg.«

Ich bin stolz auf mich, denn ich habe meiner Achillesferse ein Schnippchen geschlagen.

»Ach, Schätzchen, findest du, dass Peter und ich gut zusammenpassen?«

Tja, man soll den Tag nicht vor dem Abend loben. Olentia Infernum – der Odem der tiefsten Hölle legt sich wie eine unsichtbare Nebelbank über den kleinen Park, während ich meiner Mutter bestätige, wie großartig Porno-Peter zu ihr passt. Ich bin gezwungen, noch eine halbe Stunde spazieren zu gehen, um den Lügenmief wieder loszuwerden, und komme zu spät von meiner offiziellen Mittagspause.

Die Bibliotheksleiterin Frau Dr. Bodenbender rügt mich und kneift dabei die kleinen Augen zusammen. Das kommt davon, wenn man zu eitel für eine Brille ist. Zwischenzeitlich referiert Frau Dr. Bodenbender über Pünktlichkeit in der Dienstleistungsbranche. Ich vermisse meinen Melissentee und überlege, öfter zum Yoga zu gehen. Während ich interessiert die wackelnden Hängebacken in Frau Dr. Bodenbenders Gesicht betrachte, schweifen meine Gedanken zu Gabriels braunen Augen und meiner körperlichen Fitness, die ich dringend verbessern sollte. Studien zufolge wirkt regelmäßiges Joggen lebensverlängernd, ich sollte zeitnah an meiner Ausdauer arbeiten. Am besten im Frankfurter Stadtwald.

»Was sagen Sie zu meinem Vorschlag?«

»Bitte?«

»Nehmen Sie sich die Woche frei und bringen Sie Ihre Angelegenheiten in Ordnung. Sie wirken zerstreut und außerdem haben Sie noch Urlaubstage übrig.«

»Ja, danke. Das werde ich tun.« Meine Agenda ist auch wirklich lang. Gabriel verführen und zur Hochzeit einladen, meine Mutter, Vater, Kleid, die Gut-Böse Entscheidung ...

Frau Dr. Bodenbender wendet sich ab und verschwindet hinter einem der Regale. Absolut untervögelt, die Gute. Doch das ist nicht mein Problem. Für mich ist Feierabend. Wunderbar!

Ich steige auf mein Fahrrad und bin zehn Minuten später in der Fußgängerzone.

Mein Auftrag: Sportkleidung.

Mein Ziel: das Sportgeschäft.

Ich betrete den Shop, leider ist kein Verkäufer zu sehen, nur ein dünnes Mädchen, das aussieht, als hätte es gerade die Grundschule abgeschlossen. Die Kleine hat langes blondes Haar und trägt eine very skinny Jeans.

»Kann ich Ihnen helfen?«

»Ich brauche eine Ausrüstung zum Joggen.«

Skinny sieht mich an, als käme ich vom Mond. Was ist an Ausrüstung falsch?

»Schuhe?«

»Eine komplette Ausrüstung.«

»Ah!« Sie guckt, als hätte ich einen Wasserkopf.

»Verspätete Vorsätze fürs neue Jahr?«

Witzig!

»Was geht dich das an?« Meine Stimme wird dunkel und gefährlich. Das wirkt allerdings nur bei Menschen, die intelligenter sind als ein Goldfisch im Glas, und das scheint bei dieser Magermilchtrulla nicht der Fall zu sein.

»Hahaha, das war ja nur ein Witz! Jeder fängt mal an. Welche Kleidergröße haben Sie denn?«

»Achtunddreißig.«

»Echt? Sie sehen eher nach einer vierzig oder zweiundvierzig aus.«

»Achtunddreißig!!!« Ich und der Einzelhandel. Die lange Geschichte einer komplizierten Beziehung mit meist tragischem Ausgang.

»Gut. Der Kunde hat ja bekanntlich immer recht. Hier sind die Hosen und Shirts in Ihrer ... ähm ... Größe. Dort hinten sind die Umkleidekabinen. Schuhgröße?«

»Achtunddreißig.«

»War ja klar. Wasserdicht?«

»Warum nicht?« Meine grützige Stimmung bessert sich. Ich werde durch den Stadtwald joggen, Gabriel, der Engel mit dem Engelsnamen an meiner Seite, und es ist mir egal, ob da eine Pfütze ist oder nicht, denn ich trage wasserfeste Schuhe. Ich wähle eine schwarze lange Hose aus glänzendem Stoff und ein T-Shirt aus demselben Material, ebenfalls schwarz. Die Verkäuferin kommt zurück, bepackt mit drei Schuhkartons, die sie werbewirksam vor mir abstellt. Sie schnauft wie ein Walross, das Gewicht von drei Kartons ist viel, wenn man nur vierzig Kilo auf die Waage bringt.

»Möchten Sie die Kleidung anprobieren?«

»Nein danke, ich kenne meine Größe.« Darauf erhalte ich keine Antwort, doch ich erkenne, dass es Skinny-Girlie sichtlich schwerfällt, nichts zu erwidern.

»Ziehen Sie das erste Paar an und kommen Sie dann bitte auf das Laufband.«

What? Laufband? Ich oute mich sicherlich nicht als Anfängerin und nicke deshalb wissend. Sie will mich auf dem Laufband? Sie kriegt mich auf dem Laufband. Ich zwänge mich in das erste Paar wasserdichter Joggingschuhe. Auch ohne körperliche Betätigung erlebe ich mich als durch und durch sportlicher Mensch und steige motiviert auf das Band.

»Bereit?«

Ich nicke zur Bestätigung und sie drückt einen Knopf ... mehrmals. Ich bin gezwungen, zu laufen. Viel zu schnell, joggen kann man das nicht mehr nennen. Dieses Miststück!

»Geht's noch?«, fragt die Kleine mit süffisantem Grinsen in der mageren Visage. »Die Auswertung wird zeigen, ob der Schuh zu Ihrem Fuß passt oder ob wir eine andere Marke oder Größe nehmen müssen.«

»Genug!« Meine Füße haben genug, definitiv. Die Verkäuferin ist im hinteren Bereich des Geschäftes, um sich die Auswertung meiner Laufbandexkursion anzusehen, dabei hat sie vergessen, die Geschwindigkeit zu drosseln. Ein großer roter Knopf kann nicht so falsch sein, ich schlage darauf und augenblicklich stoppt das Teufelsding. Die Wut schüttelt mich, ich lege meine Brille zur Seite, öffne meinen Zopf und steige vom Laufband herunter. Langsam schlendere ich durch das Geschäft und ertappe das dürre Dummchen dabei, wie es auf dem Schreibtisch sitzt und einen Schokoriegel in sich hineinstopft. »Klopf, klopf!«, singe ich leise. Erschrocken sieht sie mich an.

»Schon fertig?«

»Mit dem Laufen schon.«

Wachsam beobachtet sie mich, kann nicht einschätzen, wie ich auf ihre Unverschämtheit reagieren werde.

Es sind diese Momente, in denen ich es kommen fühle, wenn meine Wut nicht lodert, sondern gefährlich glüht. Ich muss verschwinden, sofort! Bevor der rosa Elefant wiederkommt ... und Mr Darcy. Er wird es nicht verstehen, dabei kann ich doch nichts für mein gespanntes Verhältnis zu Blondinen. Ich kann sie einfach nicht leiden. Keine von ihnen.

»Ich nehme die Schuhe. Schließlich konnte ich sie ausgiebig testen, nachdem Sie mich auf der Tretmühle vergessen haben.«

»Aber die Auswertung!«

»Kein Interesse. Du kannst deinen Schokoriegel später rauskotzen. Kassierst du mich jetzt ab?«

»Also hören Sie mal!« Size Zero ist erbost, wahrscheinlich muss sie sich jetzt nicht einmal mehr den Finger in den Hals stecken, um die Schokolade wieder loszuwerden. Ihr Gesicht ist puterrot. »So können Sie nicht mit mir sprechen.«

»Ich kann noch viel mehr. Aber besser ist es schon, wenn ich bezahle und gehe.«

Schweigend kassiert sie mich ab, ebenso schweigend mache ich mich daran, das Geschäft zu verlassen.

»Sie haben keine Größe achtunddreißig, Ihr Hinterteil ist viel zu ausladend dafür.«

Kennen Sie dieses Gefühl? Sie sind mächtig stolz, weil Sie die Beherrschung nicht verloren haben, standhaft geblieben sind? Als ich im Begriff war zu gehen, hatte ich meine Dämonen unter Kontrolle, ein Gefühl so geil wie guter Sex, guter gewöhnlicher Sex mit zwei Männern. Wie gesagt, ich habe ein gespaltenes Verhältnis zum Einzelhandel. Ich könnte so tun, als hätte ich nichts gehört, Zorn als Todsünde habe ich oft auf meiner Tanzkarte stehen und Mr Darcy wird nicht erfreut sein. Langsam drehe ich mich um und lächle strahlend.

»Was hast du gesagt?«

»Nichts, nichts.« Ihr Tonfall ist hoch und schrill, diese dürre Tussi will also andeuten, dass ich nicht nur einen fetten Arsch habe, sondern dazu auch noch schwerhörig bin.

»Hast du ein Problem mit mir?«

»Ich? Nein, da haben Sie etwas falsch verstanden.«

Aha, jetzt bin ich also auch noch debil!

»Ich habe also ein ausladendes Hinterteil? Schätzchen, du kennst den Spruch: Kein Arsch und kein Tittchen, sieht aus wie Schneewittchen?« Mein Grinsen macht ihr klar, dass sie aus der Nummer nicht so leicht herauskommt.

Jetzt wird ihr angst und bange. Ich kann es riechen. Schneewittchen mit blondem Haar geht langsam an mir vorbei, vorsichtig, als wäre ich ein wildes Tier, was ich im Grunde auch bin.

»Ach, du willst abhauen? Wo wir uns doch gerade so gut unterhalten.«

Ich breite die Arme aus, sie müsste sich an mir und meinem Riesenarsch vorbeidrängeln, um die Tür zu erreichen. Mein Schädel pocht, Melissentee literweise intravenös würde nicht zum gewünschten Erfolg führen. Das Bild zuckt nur eine Millisekunde durch meine Gedanken, das Ergebnis ist gleich danach sichtbar.

»Was ist das?«

Das Plus-Size-Model sieht plötzlich etwas angespannt um die Hüften aus.

»Das nennt man Fett, Schätzchen.«

»Was machen Sie mit mir? Hören Sie auf! Das tut weh! Hören Sie auf! Ich rufe die Polizei!«

»Soll ich dir mein Telefon geben?«, biete ich zuvorkommend an.

»Stecken Sie sich Ihr Telefon in den Ar...«

»In deinem ist jetzt auch genügend Platz!«

Die ehemalige Size Zero schreit, nicht nur vor Wut und Angst. Offensichtlich schmerzt es, als sich ihre Hüften ausdehnen wie das Universum nach dem Urknall. Ich sehe fasziniert zu, wie ihre Jeans reißt und Platz macht für die schwabbelnden Massen. Unmengen an Fleisch und Speck.

»Ja, so ein Schokoriegel geht direkt auf die Hüften, wenn man ihn nicht schnell genug auskotzt. Da kann man nichts machen, Schätzchen.«

Zügig verlasse ich das Geschäft und stelle mich vor die Eingangstür, sicher ist sicher. Verdammt! Ich muss dringend mehr Yoga machen.

Aus dem Inneren des Ladens höre ich ein Knacken und Stöhnen und ein Geräusch, das mich an eine Geflügelschere erinnert, die durch einen saftig gegarten Truthahn schneidet. Vorsichtig öffne ich die Tür. Size Zero hat sich zu einer Matrone entwickelt. Auf einem riesigen Hinterteil wirkt der winzige Oberkörper bizarr. Man könnte viel Geld damit verdienen, sie in einen Käfig zu sperren und auszustellen. Ich gluckse, stecke meinen Kopf weiter in den Raum. »Na? Gibt es auch etwas in deiner Größe?« Sie sieht mich nicht an, die Schmerzen haben sie paralysiert. Nun gut, vielleicht bin ich ein klitzekleines bisschen nachtragend. Ungerührt beobachte ich eine Weile, wie sie vor sich hin schluchzt. Ich bin nicht sicher, was ich jetzt anfangen soll. Einfach gehen? Meine Spuren verwischen? Das mag das Beste sein. Leise schließe ich die Tür, möchte mich umdrehen und laufe mit dem Gesicht gegen eine Glaswand. Die Telefonzelle hat mich eingefangen, der goldfarbene Hörer hüpft in meine Hand.

»Besonders lernt die Weiber führen; Es ist ihr ewig Weh und Ach, so tausendfach, aus einem Punkte zu kurieren.«

»Aua! War das nötig?«

»Einen wunderschönen guten Abend, Malena. Amüsierst du dich?«

»Mit wem spreche ich? Bist du ein Dämon? Gut ausgebildet, intelligent und ist es dir erlaubt, dich mit mir auszutauschen?«

»Ooooch! Hat die kleine Teufelstochter Befindlichkeiten?« Irres Gelächter aus dem Nirgendwo. »Was können wir heute für dich tun? Zum wiederholten Mal!«

Ich nehme mir vor, mit Mr Darcy über seine Mitarbeiter zu sprechen.

»Ich benötige keinen Cleaner, wenn du das meinst. Es gibt keine toten Menschen.«

»Sondern?«

»Vielleicht einen Healer.«

»Ich kann dich nicht verstehen, wenn du leise sprichst.«

»Healer. Ich brauche einen Healer oder zwei.«

»Oh, das ist ja mal etwas ganz anderes!«

»Du bist nicht witzig. Möchtest du einen Witz hören? Sag Bescheid, dann erzähle ich dir einen.«

Ich habe erreicht, was ich wollte, der humorlose Callcenter-Mitarbeiter hat aufgelegt und ich befinde mich wieder in der Realität. Neugierig betrete ich den Sportshop. Healern bei der Arbeit zuzusehen, ist eine interessante Angelegenheit. Wie Cleaner nähren sie sich auch von ihren Opfern, das ist jedoch die einzige Gemeinsamkeit. Healer ziehen von Dämonen herbeigeführte Krankheiten oder Verletzungen vom Opfer ab, heilen, nehmen die meist traumatischen Erinnerungen auf und verschließen sie irgendwo. Healer sind ebenso unsichtbar, nur sehr empathische Menschen können ihre Gestalt wahrnehmen. Schlanke, hochgewachsene Wesen mit Armen, die an Äste junger Bäume erinnern. Wären sie keine Wesen der Hölle, könnten sie auf Vierhundertfünfzig-Euro-Basis als Christbaum arbeiten, sie glitzern, als wären sie über und über mit kleinen Brillanten bedeckt.

Die Verkäuferin liegt auf dem Boden und scheint bewusstlos zu sein. Zwei Healer arbeiten an ihr und wirken nicht erfreut, als sie mich erkennen. So könnte ein perverser Pornofilm beginnen, es sieht nach Sex aus, wie sich die durchsichtigen glitzernden Schatten über den Unterkörper des Fräuleins beugen. Ich habe ihnen Arbeit gemacht, so what? Die Proportionen der Blondine werden in ihren Ursprung zurückgebracht. Schade eigentlich.

»Vergesst nicht, die Jeans zu reparieren. Bis dann, ihr fleißigen Healermäuschen!«, säusle ich in den Raum hinein. So macht man sich Freunde für die Ewigkeit. Ich muss mich jetzt beeilen, nach Hause, umziehen und mein sportliches Leben in die Hand nehmen. Mit dem Rad durch Frankfurt zu fahren, ist nicht wirklich schön, das von mir verursachte Hupkonzert hat nichts mit meinem

Sexappeal zu tun, sondern mit dem schlechten Reaktionsvermögen der gestressten Autofahrer.

Natürlich!

In meiner Wohnung angekommen, gönne ich mir keinen Moment Ruhe nach diesem stressigen Tag und schlüpfe in mein neues Sport-Outfit. Der Badezimmerspiegel zeigt mir, wie perfekt mein Hinterteil in der engen Hose aussieht. Eigentlich könnte ich meinen Arsch auch versichern lassen, verdient hätte er es auf alle Fälle. Ich nehme meine Haare aus dem Gesicht, binde sie streng nach hinten. Meine Brille kann ich nicht finden, ich habe sie nicht auf der Nase. Warum? Mir dämmert, dass ich sie im Sportgeschäft vergessen habe. Aus einer Schublade hole ich eine ähnliche Brille mit Fensterglas, wohlweislich habe ich mir zwanzig davon zugelegt. Tarnung ist schließlich alles – oder auch nicht. In diesen engen Sporthosen kann ich nichts verstecken, so darf ich auf keinen Fall Gabriel begegnen. Er wäre mir sofort verfallen und ich könnte mir nie sicher sein, ob es nicht etwas mit meinen *höllischen Begabungen*, wie Mr Darcy es nennt, zu tun hat. Also ziehe ich eine lange und sackförmige Regenjacke über und stülpe eine Kappe auf meinen Kopf. So ist es besser. Mit der Brille geht es. Den sportlichen Gedanken nicht außer Acht lassend, rufe ich mir ein Taxi, stecke Geld, Telefon und Schlüssel in die Jacke und freue mich auf Gabriels Reaktion, wenn er mich sieht. Er kann mir nicht mehr widerstehen, ich bin bereit, mit ihm in den Sonnenuntergang zu joggen.

Ice

Dem Hunde, wenn er gut erzogen,
Wird selbst ein weiser Mann gewogen.
Vers 1174 f, Wagner

Der Taxifahrer ist zugegebenermaßen eine Augenweide. Er versucht, mich in ein Gespräch zu verwickeln und zwinkert mir durch den Rückspiegel zu. Wären die Umstände andere, wäre er ein passender Spielgefährte für die Nacht. Ich bin aufgeheizt, das fette Intermezzo mit der Size-Zero-Verkäuferin hatte eine ähnliche Wirkung auf mich wie auf einen Soldaten nach einer siegreichen Schlacht. Ich bin voller Adrenalin und geil wie eine Straßenhündin im Frühling, doch die Fahrt ist viel zu kurz. Schade eigentlich, der Taxibursche hätte mir gewiss Entspannung gebracht. Aber dafür ist jetzt keine Zeit, denn dort im Walde wartet mein Herzensmann.

Zwanzig Minuten später stehe ich einsam auf einem Parkplatz. Um mich herum sind Bäume über Bäume, was wohl üblich für einen Stadtwald ist. Wie soll ich meinen Engel hier nur finden?

Ein breiter Weg führt vom Parkplatz weg, ich folge diesem mit großen Schritten. Gabriel ist hier, ich kann ihn fühlen. Alles in mir zieht sich zusammen vor Freude, das ist ein untrügliches Zeichen. Ich nenne es meinen *Teufelsradar*. Wenn ich mich auf jemanden einschieße, bleibt mir nichts verborgen, ich kann spüren, wo sich die Person gerade aufhält. Nicht auf den Meter genau, doch zumindest so ungefähr.

Ich trabe los. Wie eine alte Oma durch den Wald zu schlendern, finde ich doof, schließlich muss ich meiner Kleidung gerecht werden. Von Weitem erkenne ich zwei Jogger, die lachend auf mich zukommen. Mein erster Impuls ist es, mich hinter den Bäumen zu verstecken, aber nein. Nein!

Es ist Gabriel, der mir entgegenkommt, und er ist nicht allein. Nein, das ist nicht nett! Ich muss ruhig bleiben.

»Gabriel? Das ist ja eine Überraschung!«

Das Individuum neben ihm sieht Doppel-D-Blondie verstörend ähnlich. Was für ein gruseliger Zufall?! Er sieht mich an, ja, aber er sieht nicht MICH. Kann es sein, dass er schon wieder vergessen hat, wer ich bin? Aber warum ...?

»Hallo! Äh ...«

»Malena.«

»Ja, Malena.«

»Aus der Unibibliothek.«

»Okay. Woher ...?«

»Ich habe heute für Kevin den Notarzt gerufen.«

»Ah! Natürlich! Helen! Das ist ja cool. Ich denke, du bist eher die Leseratte?«

»Malena, nicht Helen.«

Helen? Mein Engel scheint nicht die hellste Kerze auf der Torte zu sein, dafür strahlt sein Aussehen wie die Sonne selbst. Ich beiße mir auf die Zunge und hoffe, dass Papa es nicht für eine Lüge hält, was ich jetzt sage: »Na ja, schon. Du hast mir Lust gemacht, mal etwas auszuprobieren.«

Jetzt wäre der passende Moment, Blondie in die Wüste zu schicken und stattdessen mich zum Joggen einzuladen. Zum Joggen und ... nun ...

»Lass uns weiterlaufen, wir haben noch eine Strecke vor uns.« Amandas Doppelgängerin wird unruhig.

Unsympathisches Miststück!

»Okay. Also dann, man sieht sich. Viel Spaß noch!« Beide laufen weiter, Gabriel grabscht der großtittigen Blondine an den Hintern. Ich schicke einen Fluch hinterher ... Och, Zwillings-Doppel-D stolpert plötzlich über eine Wurzel und schlägt der Länge nach hin. Hm, Zufälle gibt's, wenn man in fremdem Revier wildert! Amüsiert schaue ich zu, wie das Dummerchen ihren offensichtlich verknacksten Fuß hält. Das ist gut! Gabriel könnte sie einfach sitzenlassen – im wahrsten Sinne des Wortes. Ein Lächeln bildet sich auf meinen Lippen, das nur einen Wimpernschlag später erstirbt. Was macht er denn da? Mein Engel hebt Blondie und trägt sie wie ein Ritter.

Ich mag keine Bäume und ich mag auch keine Blondinen. Sport kann ich auch nicht leiden. Frustriert hocke ich mich auf den Boden und lehne mich an einen dieser blöden Bäume. Das hatte ich so nicht geplant. Scheiße, ich muss mir etwas einfallen lassen.

Seufzend ziehe ich mein Handy aus der Tasche. Der Akku ist leer. Wie soll ich jetzt ein Taxi rufen?

Zusammenreißen!

Mag das hier auch feindliches Gebiet sein, nichts wird mich aufhalten. Weder ein leerer Akku noch ein Baum oder diese dämliche Blondine. Ich stemme mich hoch und stelle fest, dass die wasserfesten Schuhe nicht überall wasserfest sind und ich die große Pfütze übersehen habe.

»Soll sie doch der Teufel holen! Man sieht sich immer zweimal im Leben.«

Mir ist selbst nicht klar, wen ich genau damit meine. Anwärter für einen qualvollen Tod gibt es einige, und es werden täglich mehr.

Ich stapfe zum Parkplatz zurück, das Taxi steht noch da. Wenn zerronnen, neu gewonnen! Das Schicksalsrad dreht sich zu meinen Gunsten. Ein bisschen Abwechslung wird mir guttun.

Der Taxifahrer sagt mir seinen Namen, für ihn ist es wohl einfacher, mit jemandem Sex zu haben, der seinen Namen kennt. Mir ist das völlig egal, ich will ihn, jetzt, in meiner Wohnung.

Er liegt auf dem Bett, er ist nackt und hat nur Augen für mich. Meine Verkleidung ist abgelegt, ein Seidentuch zeigt mehr meines nackten Körpers, als es verhüllt. Sein Penis ragt wie eine Lanze nach oben. Er ist gut bestückt. Wer sagt, dass ein großer Schwanz nicht wichtig ist, der lügt und hat schlechten Sex. Was ist besser als ein Schwanz? Zwei Schwänze! Aufreizend bewege ich mich auf das Bett zu, ich werde mich nicht lange mit einem Vorspiel aufhalten, sondern zum Wesentlichen kommen, und das mehrere Male hintereinander, die ganze Nacht. Zumindest ist das der Plan. Doch mein potenter Taxifahrer bewegt sich nicht mehr und starrt ohne zu blinzeln ins Leere. Das geht nicht mit rechten Dingen zu und ich weiß auch, wer seine Finger im Spiel hat.

»Muss das denn jetzt sein? Hat das nicht Zeit bis morgen?«

Mein Vormund sitzt in der gleichen Pose wie heute früh lässig im Sessel und mustert den erstarrten Menschen auf dem Bett.

»Madame, wollt Ihr mir diesen netten Menschen nicht vorstellen?«

»Penis, Mr Darcy – Mr Darcy, Penis. Das ist alles, was ich weiß. Was willst du? Ich hatte wirklich einen schweren Tag und brauche Entspannung. Können wir nicht ein andermal sprechen?«

Mr Darcy nickt verständnisvoll. »Wie gern würde ich Eurem Wunsch nachkommen, doch der heutige Vorfall im Sportgeschäft macht mir dies unmöglich.«

»Sie hat es überlebt.«

»Knapp, Madame, sehr knapp. Ihr habt Euch weniger unter Kontrolle, als gut ist. Nicht dass es mich stört, Madame, nur der Form halber, jedes Mal, wenn ein Mensch durch Euch Schaden nimmt, bringt Euch das näher zu Eurer Bestimmung.«

»Die da wäre?«

»Zur Familie. Nicht nur des Blutes wegen, sondern aus einem tiefen Wunsch heraus, die Euren in ihren Bestrebungen zu unterstützen.«

»Die Weltherrschaft an sich zu reißen?«

»Wie charmant Ihr seid. Trotzdem würde ich Euch zu gern das Herz herausreißen, das Euch auf die Seite der Menschen zieht und sich letztlich doch so wenig von uns unterscheidet. Wir empfinden ähnlich wie die Menschen, Madame. Liebe, Eifersucht, Sehnsucht, der Wunsch zu beschützen, was man liebt ... Sagt mir, wo liegt da der Unterschied? Was spürt Ihr?«

»Ich will nichts spüren.«

»Euer Vater möchte Euch sehen, mit Euch sprechen, Euch einen Platz an seiner Seite geben. Er ist davon überzeugt, dass die höllische Seite in Euch machtvoller ist. Wehrt Euch nicht länger, Madame, und kommt auf jene Seite, die wahrlich die Eure ist!«

»Ich möchte es nicht … Ich will es nicht ... Nein!«

»Gut, dann bleibt mir keine andere Wahl, als Euch zu lehren, was Verantwortung bedeutet.«

»Oh, muss das jetzt sein? Ich habe noch etwas vor, Darcy!«

»Ihr werdet die Verantwortung für einen Cleaner übernehmen. Für alle Kreaturen der Hölle ist das die erste Aufgabe, die jeder Neuling übernehmen muss.«

»Ein Cleaner? Bitte nicht! Wie soll das funktionieren, ich muss doch arbeiten.«

Ein übler Geruch steigt auf. Ich taste mich halb blind zum Fenster, mein ungebetener Besuch wedelt mit einem parfümierten Taschentuch vor seiner Nase herum und selbst der erstarrte nackte Mann mit dem großartigen Ständer in meinem Bett stöhnt gequält auf.

»Zur Hölle! Ich habe nicht gelogen, sondern nur vergessen, dass ich im Urlaub bin.«

»Ich vergaß, Euch zu sagen, Madame, was diese Sache angeht, werden die Verfehlungen jetzt strenger geahndet. Außerdem werde ich mit Eurem Romeo sprechen, was Eure Abstammung betrifft, falls Ihr dies versäumen solltet. Ihr habt dazu Zeit bis zur Hochzeit Eurer Mutter.«

»Wieso das denn? Ich dachte, du magst mich.«

»Zweifelt nicht daran. Ich bin ganz der Eure.«

Von Mr Darcys Süßholzraspeln wird die Situation auch nicht besser. Ich muss die Angelegenheit irgendwie entschärfen. Vielleicht sollte ich auf den Deal eingehen? Nein! Aber ich könnte ...

»Okay, Darcy. Erkläre ich mich zu einem Treffen mit dem Fürsten der Hölle bereit, werden die Repressalien dann aufgehoben?«

»Man würde es in Erwägung ziehen, ja. Zu Euren Gunsten wäre auch eine positive Entscheidung, was die Mitarbeit im Imperium angeht.«

»Kann ich darüber nachdenken?«

»Selbstverständlich.«

»Wann muss ich mich entscheiden?«

»Jetzt, Madame.«

Jetzt? Der Kerl spinnt doch! Papa ebenfalls. Ich brauche Zeit, verflucht noch noch!!!

»Weshalb nennst du dich eigentlich Mr Darcy? Liegt es an Jane Austen? Hattest du etwa was mit ihr?«

Er blinzelt und wischt sich mit zwei Fingern über die Augen.

»Das tut nichts zur Sache.«

»Wieso machst du so ein Geheimnis daraus?«

»Eure Entscheidung?«

Zur Hölle, Darcy nervt! Was ist aus dem guten alten freien Willen geworden? Selbstbestimmung und so?

»Also gut, ich entscheide mich dagegen. Ich möchte meinen Vater nicht sehen und auch nicht in seiner Firma arbeiten. Schluss! Aus! Basta! Ich lasse mich doch nicht unter Druck setzen, ich ...«

»Dann sei es, wie ihr wollt, Madame«, funkt mir Darcy ins Wort. »Es wird am Tag der Hochzeit Eurer Mutter geschehen. Es sei denn, Euer Ritter kämpft aus freien Stücken um Euch. Wenn es Madame tatsächlich gelingen sollte, die wahre Liebe zu finden, wir Euer Vater gewiss ein delikates Interesse hegen. Wenn nicht, nun ...«

»So sei es.« Geschwollen reden kann ich auch, außerdem will ich jetzt endlich ficken, und das mit Gabriel bekomme ich schon irgendwie hin. Ganz bestimmt. Irgendwie. Hoffentlich!

Mein teuflischer Vormund nickt hoheitsvoll und ist verschwunden. Wie, einfach so? Der Taxifahrer räkelt sich auf dem Bett, die kompletten zwanzig Zentimeter sind bereit für einen wilden Ritt nach meinem Rhythmus.

Ah, das wird mich jetzt entspannen. Um Papas Kram kann ich mich auch noch später kümmern. Also, wo waren wir ...?

Ein Grunzen neben mir lenkt mich ab. Über meine Füße huscht ein Schatten, so schwarz wie das Nichts. Darcy hat tatsächlich einen Cleaner hiergelassen, der sich schnurstracks auf den Weg macht, die zwanzig Zentimeter Prachtkerl auf meinem Bett wegzuschlürfen.

Verdammt noch mal! Ich sehe mein Sexabenteuer schon schwanzlos und blutspritzend auf der Matratze liegen, wenn ich nichts unternehme. Das darf alles nicht wahr sein!

»Stopp, lass das, pfui!«

Mein Taxifahrer ist nicht mehr mein Taxifahrer. Verärgert springt er aus dem Bett und in seine Hose. »Wie redest du mit mir? Ich bin nicht dein Hund, sondern weg. Was stinkt hier so bestialisch?«

Würde mir jetzt jemand direkt auf den Kopf scheißen oder in den Mund kotzen, würde das diesen Tag nicht schlimmer machen.

»Ja, hau ab«, motze ich in die stille Wohnung. Der Typ hat sich blitzschnell vom Acker gemacht und hört nichts mehr, trotzdem fühle ich mich besser. ICH sage schließlich, wo es langgeht. Der Cleaner ist schockiert oder verängstigt und hat sich unters Bett verkrochen. Ich lasse mich auf die Matratze fallen, drehe mich auf den Bauch und lasse meinen Kopf nach unten baumeln. So habe ich einen guten Blick, was sich unter meinem Bett abspielt.

»Hey, du! Alles okay?«

Ich erhalte keine Antwort. Was habe ich denn erwartet? Einen interkulturellen geistreichen Austausch über unsere unterschiedlichen Welten?

»Hast du Hunger? Soll ich mal im Kühlschrank nachsehen? Ich habe zwar keinen Schwanz darin, aber vielleicht magst du ein Käsebrot?«

Muss ich ihn oder sie Gassi führen? Meine Fresse, Darcy hätte mir das ruhig detaillierter erklären können. Woher soll ich denn wissen, wie man einen Cleaner hält? Dafür gibt es kein Buch oder YouTube-Tutorial à la *Der Familiencleaner* oder *Spiel und Spaß mit meinem Cleaner*.

Scheiße, verdammt! Dieser Tag hat mich wirklich geschafft. Wenigstens habe ich nicht so oft an Gabriel gedacht. Bestimmt nur vierhundertmal, vielleicht etwas mehr. Jetzt habe ich Hunger. Mal schauen, was der Kühlschrank zu bieten hat. Ich finde für mich einen Joghurt und im Gefrierfach ein Vanilleeis. Für mein menschenfressendes Höllenmonster belege ich ein Brot dick mit Käse. Ein Glas Gewürzgurken stelle ich noch auf das Tablett und lege mich wieder zurück aufs Bett. Während ich esse, spüre ich eine Präsenz an meiner Seite.

»Hast du jetzt doch Hunger bekommen? Magst du das Käsebrot?« Das mag er, sie oder es nicht, aber als ich den Eisbecher öffne, höre ich ein lautes Grunzen und Schmatzen. Aha! Für mich bleibt dann das Käsebrot, die Gewürzgurken kommen ebenso gut an. Der Cleaner schmatzt und schlürft und gurgelt.

»Dann habe ich einen Namen für dich. Ich nenne dich *Ice*. Wie findest du das?«

Keine Ahnung, ob der Cleaner eine Sie, ein Er oder ein Es ist. Für mich ist er männlich, mit Frauen habe ich es schließlich nicht so. Zufrieden lege ich mich unter die Decke und schließe meine Augen. Ice bleibt neben mir liegen, ich spüre keine Kälte, meine Seele bleibt unangetastet. Die Augen fallen mir zu, es ist schön, nicht allein zu sein.

»Schlaf gut, Ice. Morgen stelle ich dir Mutter vor.«

Brautmoden-Bigotterie

Nun sag, wie hast du's mit der Religion?
Vers 3415, Margarete – Gretchenfrage

Es klingelt. Schrill und laut. Direkt in meinem Kopf. Meine Augen öffnen sich, die Realität des kaffeelosen Erwachens ist bitter und unangenehm. Langsam dämmert es mir, dass dieses blöde Klingeln vom Telefon stammt und nicht nur in meinem Schädel bimmelt. Ich taste nach dem Hörer, lege ihn an mein Ohr und bin hellwach.

»Schätzchen! Warum bist du noch zu Hause? Habe ich dich etwa geweckt?«

»Mutter! Wie spät ist es denn?«

»Zehn Uhr! Ich bin schon im Brautmodengeschäft in Bad Homburg. Wann kommst du?«

»Du sagtest elf Uhr, ich komme schon. Ich bin wach.«

»Beeil dich! Mein Kleid ist so wundervoll.«

»Ich leg jetzt auf.«

Wie ein Roboter stehe ich auf. Der schwarze Schatten ist verschwunden, Ice ist nicht mehr da. Hat Darcy den Cleaner wieder abgeholt? Seufzend stelle ich mich unter die Dusche. Ich habe nicht einmal die Zeit, mir einen ordentlichen Kaffee zu brühen. Im Kühlschrank ist eine Flasche Wodka, ich trinke einen großen Schluck und schmeiße einige Pfefferminzbonbons nach. So werde ich diesen Vormittag überstehen. Hoffentlich! In einem Brautmodengeschäft. Mit meiner Mutter. Auf der Suche nach einem Brautjungfernkleid für mich. *Bähm!* Das ist die Hölle in Pink.

Auf die Minute pünktlich stolpere ich um elf Uhr in den Laden, der all meine Befürchtungen bestätigt. Es ist das grellpinke Ergebnis einer Innenarchitekten-Persönlichkeitsstörung. Eine schlicht bekleidete Dame kommt auf mich zu. »Sie sind die Tochter?«

Was ist denn das für eine Frage? »Ich bin die Mutter«, antworte ich lässig. Die blasse Blondine mit dünnem Dutt hat ihren Humor ganz offensichtlich zu Hause vergessen. Die wasserblauen Augen verengen sich übellaunig und der schmallippige Mund schafft es nicht, sich zu einem Lächeln zu verziehen. Selten war mir jemand so unsympathisch. Blond hin oder her. Das kann ja heiter werden.

»Malena! Schätzchen! Guck doch mal!« Mutter schwebt in einem knielangen weißen Spitzenkleid aus der Umkleidekabine. Das Kleid ist mit einem rosafarbenen Rock unterfüttert, der ihre kurvige Figur umspielt und sie positiv zur Geltung bringt. Sie sieht wie eine junge Frau aus. Na ja, von Weitem jedenfalls.

»Dein Kleid wird genau diese Farbe haben, Schätzchen. Was meinst du?«

Wo ist der rosa Elefant, wenn man ihn braucht, denken Sie jetzt gewiss. Genau! Sie warten bestimmt schon darauf, dass ich explodiere, richtig? Im Grunde meines Herzens wünsche ich mir sogar eine ganze Herde rosa Elefanten oder einen globalen Giftgasanschlag. Aber das hier ist meine Mutter! Da kann ich nicht einfach so ...

»Ich mag kein Rosa, Mutter. Bitte entschuldige, doch kann ich nicht eine andere Farbe tragen?«

»Es ist schon richtig, Schätzchen, du hattest noch nie ein Faible für Rosa oder Pink. Auch nicht, als du ein kleines Mädchen warst.«

»Damals war das Mädchen ein Kind, doch nun ist es erwachsen. Können Sie Ihrer Mutter nicht diesen kleinen Gefallen tun? Es ist schließlich ihr Tag! Wenn Sie einmal heiraten, suchen Sie die Farbe aus.«

Ich ignoriere die blasse Schlampe mit ihrem dürren Dutt und bleibe hart. »Könntest du dich mit einer anderen Farbe anfreunden, Mutter?«

»Wie gesagt ...«, unterbricht der beigefarbene Dutt.

»Hat Sie jemand nach Ihrer Meinung gefragt?«

Mutter legt ihre Hand auf meinen Arm. Sofort werde ich ruhiger.

»Wäre denn ein dunkleres Rosa eine Option für dich?«

»Bitte nicht. Rot, schwarz, blau ...«

»Wie gefällt dir mein Kleid?«

»Es sieht wundervoll an dir aus. Hat es Peter schon gesehen?«

»Nein, das darf er auch nicht, aber ich treffe mich jetzt mit ihm, er hat eben eine Nachricht geschickt, dass er eine Überraschung für mich hat. Schaffst du es, hier allein ein Kleid auszusuchen? Im Farbton meines Kleides? Bitte, mein Schatz!«

Ich liebe meine Mutter und ich werde ihr den Gefallen tun. Die Verkäuferin sieht aus, als müsse sie gegen mich in den Krieg ziehen, wir werden sicherlich einen denkwürdig schönen Vormittag zusammen haben.

»Gut, Mutter, ich werde das Rosa tragen.« Bin ich erstickt an diesem Satz? Nein, ich lebe noch.

»Möchtest du Peter noch begrüßen, soll er mich hier abholen?«

Gnade mir Gott, das hat mir gerade noch gefehlt. Porno-Peter im Brautmodengeschäft.

»Alles gut, Mutter, ich würde mich gern gleich um das Kleid kümmern.«

»Dann sollten wir jetzt anfangen, in dreißig Minuten haben wir Mittagspause. Dann schließe ich das Geschäft vorübergehend.«

Es kribbelt in meinem Nacken, der beige Dutt und ich sehen uns in die Augen, ich schicke eine stumme Kampfansage quer durch den Raum. Das sandfarbene Durchschnittsweibchen streckt den Hals und wackelt mit dem Kopf. Was ist sie, eine gottverfluchte Henne? Dem

Hühnchen werde ich schon die Federn rupfen. Jede einzelne, wenn wir allein sind.

Gekleidet in einen modischen Hosenanzug rauscht Mutter an uns vorbei und wirft mir eine Kusshand zu. »Melde dich später bei mir, okay? Ich liebe dich, Schätzchen. Wiedersehen!«

Dann sind wir allein. Die Henne dreht sich um und verschwindet in einen angrenzenden Raum. Das erinnert mich an gestern. Ich habe keine Lust auf eine Wiederholung und ich darf mir nichts zuschulden kommen lassen. Auf keinen Fall!

»Haben Sie vielleicht eine Tasse Melissentee für mich?«

Die beige Dutt-Henne kommt zurück, über ihren Arm hängen einige Kleider in Rosa bis Pink.

»Ich kann Ihnen Kaffee, Wasser oder Sekt anbieten.«

»Ich nehme den Sekt.«

Pink! Ich könnte kotzen. Das erste Glas schmeckt gut, ich nehme der Henne die Flasche aus der Hand und schenke mir nach. In der Umkleidekabine werde ich geschnürt, gepresst und geformt. In jedem Kleid sehe ich aus wie rosafarbene Zuckerwatte. Wenn Gabriel mich so sieht, wird er um sein Leben rennen. Weg von mir!

Etwa hundert Kleider und eine Flasche Sekt später bin ich halbwegs zufrieden. Die Farbe passt nicht genau zu Mutters Kleid, aber sie ist schön. Ein Altrosa, gedeckt und zart, der Stoff eng anliegende Spitze und ein Carmenausschnitt. Ja, das mag ich.

»Dieses Kleid nehme ich.«

»Das wird leider nicht gehen.«

»Doch, natürlich geht das. Ich trage es doch gerade.«

»Leider ist das Kleid schon verkauft, ich habe es Ihnen aus Versehen gebracht. Sie sehen außerdem, es passt farblich nicht zum Kleid Ihrer Mutter.«

»Es ist rosa, nicht? Also passt es!«

»Rosa ist nicht gleich Rosa und das Kleid ist schon verkauft. Sie können es nicht bekommen. Ziehen Sie es jetzt bitte aus.«

Mit einem Mal gibt es nichts Wichtigeres, als dieses Kleid zu bekommen. Scheiß auf Mr Darcy, scheiß auf Daddy, scheiß auf Forderungen und Regeln! ICH bestimme. Und ICH will dieses Kleid.

»Nein.«

»Bitte?«

»Sie wollen mir das Kleid nicht verkaufen?«

»Hören Sie sich eigentlich reden? Ich bin Brautmodenverkäuferin. Kleider zu verkaufen, ist mein Beruf.«

»Sollte man meinen. Dann verkaufen Sie mir das Kleid. Geld spielt keine Rolle.«

Die Henne schmunzelt herablassend, als müsste sie es Dummerchen jetzt noch einmal erklären.

»Das Kleid *ist* verkauft. Da kann ich nichts mehr machen. Also ziehen Sie es jetzt gefälligst aus!«

Diese bigotte beige Schlampe besitzt doch tatsächlich den Mut, mich aus der Umkleidekabine zu zerren. Ich reiße mich los und gebe ihr einen sanften Stoß, der sie aus meiner unmittelbaren Nähe schafft. Reine Notwehr. Natürlich!

»Finger weg von mir!«

»Sie haben mich geschlagen!«, brüllt die Henne und hält sich zuerst die Brust, dann den Arm und schließlich die Wange. »Verlassen Sie sofort mein Geschäft!«

»Gern!«, schnauze ich zurück. »Keinen Euro lasse ich in diesem Scheißladen.«

»Ihre Mutter wird sich freuen, das zu hören. Die eigene Tochter auf dem Egotrip. Schämen sollten Sie sich!«

Wir stehen uns jetzt wie zwei Kampfhähne gegenüber, na ja, Kampfhähne mit Muschis. Es fehlt nicht viel, wenn sie jetzt noch ein beschissenes Wort sagt, bedeutet das ihr Ende. Scheiß auf die Konsequenzen, zur Hölle damit, haha!

Ich stopfe Jeans und Shirt in meine Tasche und möchte gehen. Trotz meiner Wut ist mir bewusst, dass ich immer noch jenes Kleid trage, das ich haben möchte. Nichts und niemand wird mich davon abbringen, es auszuziehen. Höchstens Gabriel, aber der ist nicht hier.

»Geben Sie das Kleid zurück!« Die Henne stürmt hinter mir her, fängt mich vor dem Ausgang ab und zerrt an der zarten Spitze des Rockes. Ich wehre mich, ziehe an der Tür, es ist abgesperrt. Der Schlüssel steckt, ich muss ihn nur umdrehen, dann kann ich der Brautmodenbigotterie den Rücken kehren und habe den Albtraum in Pink hinter mir.

Aus den Augenwinkeln sehe ich, wie die Henne ihre Hand zu einer Faust ballt und ausholt. Sie trifft meinen Rücken, was nicht lustig ist, denn die Wut verleiht ihr Kraft, und das spüre ich schmerzhaft. Genug! Ich bin dran. Das dürre Dämchen segelt durch den Raum und landet in der Auslage für Ohrringe. Es kracht, Glasscherben fliegen und finden im Gesicht der Henne ein adäquates Ziel. Sie bleibt am Boden in den Scherben liegen. Meine Beine machen sich auf den Weg zu ihr, ich habe noch nicht genug. Noch nie wurde ich so mies behandelt. Sie sieht zu mir auf und verzerrt ihren Mund zu einem Grinsen.

»Das wirst du mir büßen, dafür lasse ich dich bluten.« Ich kann kaum sprechen, so wütend bin ich.

Plötzlich formt sich ihr Mund zu einem »Oh!« und ihre Augen weiten sich vor Angst. »Was bist du? Wer bist du? Geh weg von mir!« Die blutende Henne tritt nach mir und möchte gleichzeitig von mir wegrobben, dabei jodelt und heult sie wie ein getretener Köter.

»Bleib hier und hör auf zu schreien! Du kannst nicht weglaufen, du bist verletzt. Außerdem versaust du all die schönen Kleider. Pass doch auf!«

Ich werde mir angewöhnen, nur noch online einzukaufen, der Einzelhandel bietet mir persönlich keinen Mehrwert. Die dürre Furie beruhigt sich nicht. Im Gegenteil, sie beschimpft und bespuckt mich, ich weiche aus, möchte von der blutigen Spucke nicht getroffen werden, dieses Kleid ziehe ich nicht mehr aus. Basta!

»Keinen Ton mehr!« Die Ruhe ist gespenstisch, von einer Sekunde auf die andere ist kein Laut zu hören. Die Henne hat plötzlich keinen Mund mehr, mit dem sie schreien könnte. Ihre Lippen sind verschwunden, über die Öffnung ist Haut gewachsen. Als ich einen

Augenblick abgelenkt bin, ich habe einen Fleck auf meinem Kleid entdeckt, sehe ich etwas auf mich zufliegen. Wow! In diesem ausgemergelten Körper steckt tatsächlich jede Menge Kraft. Eine Vase saust an mir vorbei. Das Hühnchen hat sich aufgerappelt und möchte mich zu Boden werfen. Abermals hebe ich meine Hand und lasse die blasse Schlampe ohne Mund zurück auf den Boden stürzen. Ich knie mich auf sie und klemme ihre Arme unter meine Beine. Ist das ein Theater! Sie heult – so gut das ohne Mund eben geht – und kann eine Hand befreien, mit der sie nun am Ausschnitt meines wunderschönen Kleides zerrt. Ist diese Frau von allen guten Geistern verlassen? Wütend ramme ich meine Faust in ihr Gesicht. Es hilft nichts. Sie ist stärker als sie aussieht, wir kämpfen um Leben und Tod. Okay, genau genommen kämpft die Henne um ihr jämmerliches Leben und ihren Tod.

»Du hast mein Kleid zerrissen. Was ist mit dir nicht in Ordnung?« Eine rein rhetorische Frage, antworten kann die Dame schlecht – so ohne Mund.

Hinter mir spüre ich einen Schatten. Ice ist gekommen. Mein neuer Freund spürt wohl, dass ich ihn brauche. Es ist wohl keine Telefonzelle mehr nötig. Wie praktisch! Ice stürzt sich auf die winselnde Henne und hinterlässt keine Spuren. Fasziniert sehe ich ihm zu, in welcher Geschwindigkeit alle menschlichen Überreste von dieser Welt getilgt sind. Er leckt über die Scherben, vergisst kein Fitzelchen DNS, ist einfach perfekt. Mein Handy brüllt, für Mutter habe ich jetzt den brüllenden T-Rex als Klingelton.

» Hast du ein Kleid gefunden, Schätzchen?«

»Ja, perfekt. Soll ich deines gleich mitnehmen?«

»Wenn es dir nichts ausmacht? Wollen wir uns in Frankfurt treffen? Ich habe eine Riesenneuigkeit.«

Schon wieder eine Neuigkeit? Ganz großartig!

»Das kann ich noch nicht sagen. Ich melde mich später noch mal bei dir.«

Meine Aufgabe besteht nun darin, in einem Brautjungfernkleid mit einem Brautkleid über dem Arm und einem Cleaner im Schlepptau nach Hause zu kommen, ohne Aufsehen zu erregen. Das kann nicht gut gehen. Ich bin müde und ich muss mit dem Töten aufhören. Menschen sind genügend da, aber es wird auf Dauer echt stressig.

Flankiert von Ice schaffe ich es unbemerkt aus dem Geschäft und finde sofort ein Taxi, das mich zu meiner Wohnung fährt. Wunderbar! Manchmal habe eben auch ich Glück.

In den eigenen vier Wänden ziehe ich das Brautjungfernkleid aus, lege es auf mein Bett und begutachte den Schaden. Ein großes Stück Spitze ist vom Kleid gerissen und müsste auf den unterlegten Stoff genäht werden. Alles in allem sieht es nach dem aus, was es ist: meine umkämpfte Beute und Auslöser einer Schlacht mit tödlichem Ausgang. Das Kleid kann ich in die Tonne kloppen, sehr, sehr schade. Neben mir höre ich leise Grunzgeräusche.

»Na, hast du schon wieder Hunger oder immer noch den Magen voll mit dieser bigotten Brautmodenbitch? Möchtest du ein Dessert?«

Ice scheint interessiert, ich empfange positive Schwingungen, hole eine Packung Vanilleeis und Gewürzgurken und füttere den kleinen Kerl mit einem Löffel.

»Süßes geht immer, ne?«

In Ermangelung der Kuschelmöglichkeiten mit meinem neuen Hausdämon sende ich gedanklich liebe Schwingungen. Ich fühle mich recht wohl mit dem kleinen Scheißer. Werde ich auf meine alten Tage etwa gefühlsduselig? Es macht mir tatsächlich Freude, dieses Wesen zu füttern, wenn es auch etwas ekelig ist. Immerhin ist die Leibspeise meines Cleaners Mensch. Oder ist das nur ein Job und er mag viel lieber Eiscreme und Gewürzgurken? Nach der Fütterung gibt es für mich alle genießbaren Reste, die im Kühlschrank zu finden sind, anschließend stelle ich mich unter die Dusche.

Die Zeit rast und ich bin mit meinem Engel noch keinen Meter weiter. Was Gabriels Zuneigung zur mir betrifft, bin ich einfach nur ratlos. Es gibt etwas zwischen uns, ein Band. Aber wie soll es nur wachsen, wenn immer wieder jemand versucht, sich zwischen uns zu drängen? Gedankenversunken trockne ich mich ab, Ice schlängelt sich über mein Kleid ... Was macht er da?

»Du hast das Kleid repariert?« Ice rollt sich auf seine Seite des Bettes und macht sich klein und rund wie ein Flummi. Ich bin wieder im Spiel, das Brautjungfernkleid sieht aus wie neu und riecht wie frisch gewaschen. »Ich liebe dich, Ice! Du bist der beste Cleaner, den die Hölle je gesehen hat.«

Das sind wirkliche Talente. Ich lege mich nackt aufs Bett und greife zum Telefon. Natürlich bin ich nicht bereit für die Überraschung meiner Mutter, das bin ich nie.

Lust & Frust

Ach neige, Du Schmerzensreiche,
Dein Antlitz gnädig meiner Not!
Vers 3587 ff, Gretchen

Nach dreißig Minuten liege ich immer noch wie paralysiert auf meinem Bett und bemitleide mich.

Sie fragen sich, was passiert sein könnte? Mutter ist passiert. Mutter und Porno-Peter. Ice stößt neben mir besorgtes Schnorcheln aus, es hört sich an wie ein Mensch, dem man die Kehle zudrückt. Woher ich das weiß? Fragen Sie bitte nicht!

Porno-Peter ist zu organisatorischer Höchstform aufgelaufen. Ich weiß nicht, wie er das geschafft hat, doch die Hochzeit ist tatsächlich in zwei Tagen. Das ist eine Katastrophe, denn meine organisatorische Höchstform beläuft sich auf den Erwerb von Sportkleidung und tödlicher Folter von Einzelhandelskauffrauen. Die Situation hat allerdings auch ihre Vorteile: Weder meine Mutter noch Porno-Peter benötigen eine Wohnung in Frankfurt. Nicht für zwei Tage, denn nach der Hochzeit heißt es: Husch, husch, raus aus meinem Dunstkreis und ab in die Flitterwochen! Inständig hoffe ich, dass Porno-Peter auch den Honeymoon geplant hat. Ich hingegen habe nur noch einen Tag und ein paar Stunden Zeit, Gabriel davon zu überzeugen, mich zur HH (Horror-Hochzeit) von PP (Porno-Peter) und MM (Mutter-Monster) zu begleiten. Vor einigen Stunden hätte ich noch gesagt: Kein Problem für mich. Nach den letzten Tagen allerdings ... Langsam, um Ice nicht zu erschrecken, strecke ich meine Hand nach ihm aus und lege sie behutsam auf den Schatten. Er fühlt sich warm an, wie frisch gekochter Pudding, auf dessen Oberfläche sich eine lauwarme Haut gebildet hat. Ich krümme meinen Finger und streichle die dunkle, fast unsichtbare Kreatur, deren Körper die Konsistenz einer Süßspeise besitzt. Sein Schatten beginnt zu pochen, produziert eine fühlbare Energie, die durch meine Finger nach und nach in meinen Körper strömt. Lustvoll lege ich meinen Kopf nach hinten und genieße das stetige Ansteigen meines Energiespiegels, ich bin stark, ich schaffe alles. Dazu ist es nicht uninteressant zu wissen, wo sich das Objekt meiner Begierde aufhält. Ich konzentriere mich und Augenblicke später weiß ich Bescheid. Ah! Damit habe ich nicht gerechnet, doch das passt mir gut. Meine gespaltene Beziehung zum Einzelhandel wird noch getoppt von meinem traumatischen Verhältnis zur Gastronomie. Mehr als fünfzig Prozent meiner, nennen wir sie, *Entgleisungen*, haben sich in Gaststätten oder Kneipen ereignet. Ich meide sie wie der Teufel das Weihwasser, um mich im Familienjargon auszudrücken. Dank Ice fühle ich mich jedoch entspannt genug, Gabriel zu einem Kaffee einzuladen. Sicherheitshalber bereite ich mir eine Tasse Melissentee zu und mache ein paar Atemübungen. Während der Tee zieht, entscheide ich mich für eine Boyfriendsjeans mit Rissen an wirklich interessanten Stellen, die enge Bluse betont meine Brüste. Ich bin die Tochter Satans, ich werde mich nicht mehr verstecken. Aufgepasst, Gabriel! Du bekommst Besuch, den du nicht so schnell vergessen wirst. Die wahre Liebe hält einer kleinen Manipulation in seiner Gefühlswelt stand, und es ist ja nur für kurze Zeit. Mein Plan ist so einfach wie genial und wird mich endgültig von allen Verpflichtungen gegenüber meiner gehörnten Familie befreien.

Das Café ist nicht weit von meiner Wohnung entfernt. Bewaffnet mit meinen unvergleichlichen Talenten ziehe ich in den Kampf, den es zu gewinnen gilt. Während ich durch die Straßen Frankfurts laufe, male ich mir den ersten Kuss mit Gabriel aus, seine Lippen sind fest, doch zart, er hält mich in seinem Arm ...

»Achtung, du Rindvieh! Willst du sterben?«

Ich schrecke aus meinem Traum, gedankenverloren war ich auf dem Radweg spaziert und habe einen dicklichen Radfahrer in seinem Training zur Tour de France gestört.

»Krieg dich wieder ein, Idiot! Du fährst zu schnell!« Brüllen kann ich auch und dafür sorgen, dass der Typ auf seinem Angeber-Rennrad über einen Nagel fährt.

Beschwingt vom Quietschen seiner Fahrradreifen, gefolgt von lautem Hupen und einigem Geschrei betrete ich gut gelaunt das voll besetzte Café. Ein Kellner kommt aufmerksam auf mich zu und fragt: »Für eine Person?«

»Ich werde erwartet«, erwidere ich mit einem breiten Lächeln. Gabriels brauner Lockenkopf ist leicht zu erkennen. Der Ober nickt und ich mache mich auf den Weg zu meinem Engel.

»Hallo, Gabriel!«

Zwei Augenpaare sehen mich überrascht an, Amandas lebender Zwilling sitzt neben ihm, sie hat ein Bein eingegipst. Ja, so fällt es mir ganz leicht, ihr freundlich zuzulächeln.

»Hallo, Malena! Das ist ja ein Zufall.«

Er hat sich meinen Namen gemerkt. Geht doch. Ich drücke den Rücken ins Hohlkreuz, bis meine Brüste sich ausreichend nach vorn wölben, direkt in sein Gesicht.

»Möchtest du dich zu uns setzen?«

Jawohl, er hängt am Haken.

»Sehr gern, Gabriel« Ohne mich umzusehen, ziehe ich einen Stuhl vom Nachbartisch zu mir heran und platziere mich zwischen die beiden Turteltauben.

»Schatz? Wir hatten doch etwas Wichtiges zu besprechen!«

Blondchen ist unsicher, sie fühlt die Spannung am Tisch, weiß nicht, wie sie darauf reagieren soll.

»Ja, Hannah, lass uns morgen darüber sprechen. Jetzt ist gerade kein guter Zeitpunkt, Malena langweilt sich sonst.«

Blondchens dummer Gesichtsausdruck ist unbezahlbar! Mein kontaktlinsenfreier Augenaufschlag ist filmreif, Gabriel fällt in die azurblaue Tiefe. Dort sind wir für einen Moment ungestört und ganz für uns. Er stöhnt auf, ich denke an seinen Schwanz und an meinen Mund und lasse ihn an meinen Bildern teilhaben.

»Gabriel, ich würde gern nach Hause!«

»Weshalb gehst du dann nicht nach Hause, Hannah? Ich achte gut auf Gabriel.«

Bezirzen nennt Mr Darcy meine wohlwollende Art, Menschen davon zu überzeugen, das zu tun, was ich möchte. Hannah verlässt den Tisch. Brave Verliererin! Gabriel ist mir verfallen und das wird sich auch nicht ändern, bis ich die Verbindung zwischen uns abbreche. Er wird mir hörig sein, und wenn es Liebe ist, löse ich die Zauberei wieder auf. Ganz einfach! Die magische Abkürzung ist eine Notwendigkeit, die dem Zeitmangel geschuldet ist. Was kann ich schließlich dafür, dass meine Mutter plötzlich schon übermorgen heiraten will? Also muss ich dem Schicksal etwas auf die Sprünge helfen, Gabriel bezirzen und mit ihm ein winziges Spielchen spielen. Ein verdammt heißes Spiel!

»Was hast du heute noch vor?«

»Ich würde gern Zeit mit dir verbringen, Malena.«

»Wollen wir zu mir gehen?«

»Zahlen!«

Da scheint es jemand eilig zu haben. Das kommt mir sehr entgegen. Ich will es auch, so viele Monate habe ich darauf gewartet. Auf dem Weg zu meiner Wohnung fällt es ihm schwer, die Hände von mir zu lassen. Und was soll ich sagen? Mein Körper steht in Flammen. Nach dem unbefriedigenden Ende der Möchtegern-Liaison mit dem Taxifahrer will ich heute endlich wieder Sex haben. Fantastischen Sex. Oh ja, Gabriel wird es mir endlich besorgen. Mein Engel auf höllischen Schwingen. Wahre Liebe. Das wird außerordentlich sein, von ihm geliebt zu werden. Zärtlich, leidenschaftlich ...

Voller Vorfreude sperre ich die Wohnungstür auf. Wir stehen im Flur, eng zusammen, mein Herz tanzt vor Glück. Er beugt sich zu mir, seine lockigen Haare fallen ihm ins hübsche Gesicht. Ich lege meine Arme um seinen Hals und ziehe ihn an mich. Endlich berühren sich unsere Lippen, er ist so zart, vorsichtig, seine Zunge leckt über meine und ich beginne zu schweben.

Doch dann stülpt er seinen Mund über meinen und drückt mich hart gegen die Wand. *What?* Meine Güte! Muss er in zehn Minuten die Welt retten, oder hat er einen anderen lebenswichtigen Termin? Grob zieht er meine Jeans nach unten und nestelt am Reißverschluss seiner Hose.

Ich bin so perplex, dass ich stillhalte, obwohl ich ihm gern ein Holzscheit über den Schädel ziehen möchte. Das ist nicht richtig so. Nein, das ist ganz und gar nicht richtig! Wollte ich von einem Karnickel gefickt werden, ginge ich in das Zoogeschäft hier um die Ecke und würde eines kaufen. Gabriel ist nicht mehr zu halten. Keuchend trägt er mich ins Schlafzimmer, schon zwei Meter vor dem Bett wirft er mich durch die Luft wie einen Scheißball. Zum Glück falle ich treffsicher auf die Matratze, passend gleich auf den Rücken. Das nennt man wohl Zeitmanagement, wer braucht schon ein Vorspiel, eine Berührung, wenn es auch ohne geht? Hier läuft etwas gehörig falsch, ich möchte einen Liebhaber, Qualität, verdammt, definitiv kennt er sich mit der Anatomie einer Frau nicht aus.

»Warte mal, du Herzensbrecher. Leg dich auf den Rücken. Ich will dich reiten.«

Ich mag die Stellung, ist sie doch besonders gut für die unerfahrene Fraktion Mann geeignet, da können sie nicht ganz so viel falsch machen.

»Halt still, Gabriel! Was zappelst du denn so?«

Er murmelt unverständliches Zeug vor sich hin. Ich befreie ihn von seiner Hose, wenigstens da stimmt alles, und setze mich eher aus Protest als aus Freude auf seinen Schwanz. Sofort hebt er mich hoch und rammelt in Höchstgeschwindigkeit in mich. Mit diesen Bewegungen könnte man Strom erzeugen und eine Millionenstadt mit Elektrizität versorgen. Achtzehn Sekunden später schüttelt ihn sein Orgasmus. Meine Erregungskurve kann ich nur als Gerade bezeichnen, ich bin von einem Höhepunkt so meilenweit entfernt wie der Marianengraben vom Mars. Gabriel dreht sich auf die Seite, schiebt mich von seinem geschrumpften Ding und schläft sofort ein. Ich hülle mich in die Bettdecke und rutsche möglichst weit weg von ihm.

Das war nichts. Setzen, sechs! Ich hatte angenommen, dass es gut sein muss mit ihm, weil ich ihn liebe. Was ist da eben passiert und weshalb habe ich das zugelassen? Meine Augen werden schwer, einen Arm lasse ich aus dem Bett hängen. Ein warmer Nebel berührt mich, sagt hallo und liebkost jeden einzelnen meiner Finger. Es ist Ice. Mein kleiner Höllenhund, der Raumpfleger Satans ist zurück. Ihn hätte ich jetzt definitiv lieber im Bett als Gabriel, der nach einem kurzen Nickerchen wieder bereit ist, mich nicht zu befriedigen. In dieser Nacht lasse ich mich mindestens ein dutzendmal von ihm vögeln. Es bleibt enttäuschend, was ich nicht fassen kann, deshalb lasse ich mich drehen und wenden wie ein Schnitzel in der Pfanne, doch ich empfinde nichts. Zur Ruhe komme ich erst, als er einschläft, glücklich schnarchend, das komplette Bett besetzend, bis ich auf Darcys Lieblingssessel flüchte. Ice hat sich verzogen, er konnte sicherlich das Fick-Trauerspiel nicht mehr mitansehen. Ich kann es ihm nicht verübeln und bin froh, dass es vorbei ist.

»Wo bist du, Babe? Komm her ins Bett, du geiles Stück!«

Was für ein Wortakrobat! Bewahre! Sonst reiße ich dir den Kopf ab.

»Bist du denn gar nicht müde?«

»Ich bin geil auf dich, Babe. Los, komm her!« Gabriel grinst in die Dunkelheit des Zimmers, ich sehe nachts mindestens so gut wie am Tag. Seine Haare fallen auf die breiten Schultern, sein Oberkörper ist glatt und muskulös, er riecht nach Sommer und glücklichem Menschen, eine unwiderstehliche Mischung und doch vögelt er wie ein debiler Rammler auf Speed.

»Schlaf wieder!« Meiner Stimme, gewürzt mit etwas Strenge, muss er Folge leisten. Für den Rest der Nacht bleibe ich von seinen Zuwendungen verschont und nach einem schnellen Kaffee zum Frühstück werfe ich ihn aus der Wohnung.

»Du bist dir sicher, dass du mit mir auf die Hochzeit meiner Mutter gehen möchtest?«

»Ich gehe mit dir überallhin. Ich mag mich nicht von dir trennen, das würde mir das Herz brechen, Babe.«

»Jaja«, murmle ich und schiebe seinen Mund von meiner Brustwarze.

»Du kümmerst dich heute um deinen Anzug, okay?«

»Kann ich heute Nacht wieder bei dir schlafen, meine Göttin?«

Ist es bedenklich für unsere so junge Beziehung, dass mir ein menschenfressender Cleaner im Bett sympathischer ist? In mir steigt der Gedanke auf, dass es keine gute Idee war, nach gewonnener Schlacht Kriegsgefangene zu verschonen.

»Ruf mich später an.«

Höllenhochzeit

Den Teufel spürt das Völkchen nie,
und wenn er sie beim Kragen hätte.
Vers 2181 f, Mephistopheles

Wie angenehm es ist, die Wohnung für mich und Ice allein zu haben. Wir freuen uns beide. Heute kommt meine Putzfrau, sie wird eine Menge Vanilleeis und eingelegte Gurken mitbringen.

Mutter hat mir einige Nachrichten geschrieben, morgen Vormittag ist ihr großer Tag im Standesamt. Das ist der offizielle Teil, den sie mit Porno-Peter allein begehen wird. Meine Aufgaben als Brautjungfer belaufen sich also lediglich auf die Moderation während der Feier. Die heutige Morgenhygiene fällt lustlos aus, mein Körper fühlt sich an, als wäre er die ganze Nacht wie ein Scheißschnitzel behandelt worden. Na ja, irgendwie stimmt das auch.

Mit Mutters Brautkleid auf dem Arm verlasse ich meine Wohnung. Ich bringe es ihr im Hotel Steigenberger vorbei und erfahre dort die weiteren Details.

Es ist schön, Mutter zu sehen. Ja, obwohl sie mir auf die Nerven fällt und keine Ahnung hat, wer ich wirklich bin, liebe ich meine Mutter. Sie trägt eine himmelblaue Chiffonwolke und riecht nach Spekulatius. Keine Ahnung, wie sie das macht. Ich versinke in ihrer Umarmung, mir ist nach Weinen zumute.

»Was ist denn los, Schätzchen?«

Jetzt ist Vorsicht geboten, nur keinen Fehler machen. Hektisch betrete ich das Hotelzimmer und sehe Porno-Peter im Sessel sitzen, er liest Zeitung und ich bin überrascht. Dass er am Weltgeschehen interessiert ist und Printmedien bevorzugt, damit habe ich nicht gerechnet. Er springt auf, als er mich sieht, und grinst strahlend. Wahrscheinlich hatte er besseren Sex als ich letzte Nacht.

»Ich freue mich so, dich zu sehen, Malena!«

Unbeholfen lege ich ihm das Kleid über den ausgestreckten Arm.

»Danke, Peter. Hier ist Mutters Kleid. Nicht gucken, ne? Sonst stirbst du an der Pest.«

»Schätzchen, hattest du denn schon Kaffee? Du siehst etwas verknittert aus. Wollen wir nach unten gehen? Wie kommst du nur auf die Pest?«

»Ja, das wäre schön.«

Das Bett ist zerwühlt. Steht das in Korrelation zu ihren geröteten Wangen? Dieses Wissen, dass Mutter Sex mit Peter oder mit irgendjemanden anderen hat, steigert meine miese Laune.

»Du kannst dich hier entspannen, mein Liebling. Ich spreche mit Malena und komme dann wieder zu dir.«

Anzügliches Lachen aus dem Mund der Frau, die mich unter ihrem Herzen oder wo auch immer getragen hat? Ich kann nicht so viel essen, wie ich kotzen möchte. Mutter streicht Porno-Peter über den blank gewienerten Schädel, er packt sie bei den Hüften und zieht sie auf seinen Schoß. Mutter quietscht wie eine rostige Tür und lässt sich von ihm küssen. Wieder und immer wieder.

Lass bloß deine Zunge da, wo sie hingehört, du Freak!

Mir wird höllenangst und ich räuspere mich einige Male. Nicht dass sie mich vergessen und es vor meinen Augen treiben. Dass Mutter besseren Sex hat als ich, kann in der Weltordnung nicht richtig sein.

»Soll ich draußen warten, Mutter?«

Sie kichert wie eine Schülerin. »Bis später, Liebling!«

Ja, bis später, Porno-Peter, entspann dich und spring doch am besten aus dem Fenster!

Nach meiner vierten Tasse Kaffee sehe ich mein Liebesleben nicht mehr ganz so schwarz. Mutter versprüht wie immer eine Energie, die dieselbe Farbe hat wie der Unterrock ihres Brautkleides. Zum achten Mal in Folge erfahre ich, wie wundervoll Peter ist. Sein Organisationstalent steht außer Frage. Mich hat er überrascht, wie er es geschafft hat, eine Hochzeit innerhalb von achtundvierzig Stunden auf die Beine zu stellen. Die Lokalität *Der alte Esel* ist ein ehemaliges Kino mit Restaurant und angrenzendem Saal inklusive Bühne. Ich erfahre, dass fünfzig Menschen zur Feier anreisen werden.

»Ähm, ich bringe meinen Partner mit.«

»Du hast einen Freund? Ohhhhh, mein Gooooott! Erzähl mir alles!«

Wie freue ich mich, dass alle Gäste des Hotelrestaurants jetzt darüber informiert sind, dass ich auch einmal einen Freund habe. Mutter wedelt mit ihrer Hand vor dem Gesicht und kichert wie ein Schulmädchen.

»Ich bin noch nicht lange mit ihm zusammen, aber ich mag ihn sehr gern.«

»Das ist ja wundervoll, Schätzchen. Wir lernen ihn morgen also kennen? Mein Gott, vielleicht werden wir doch noch Großeltern!«

»Wer ist wir?«

»Na, dein Stiefvater und ich.«

Ach du meine Fresse! Mutter ist jetzt ein Wir.

Der restliche ereignislose Tag geht über in eine ereignislose Nacht. Gabriel schläft neben mir. Er war in mir, auf mir, unter mir, hat den Worten *rein und raus* eine neue frustrierende Dimension verliehen. Doch ich gebe nicht auf. Liebe bedeutet, füreinander da zu sein oder so ähnlich. Ein Blick auf die Uhr lässt mich aufschrecken. Mutter ist schon offiziell getraut und macht sich in einer Stunde auf den Weg ins Lokal. Ich bin weder geduscht noch angezogen und habe einen immergeilen Gabriel an meiner Seite, der sich an mir reibt. Ich versetze ihm einen liebevollen Tritt, der ihn unsanft aus dem Bett befördert.

»Guten Morgen. Kaffee für dich?«

Er lächelt mich verliebt an. »Ich mache einen Kaffee für dich, Göttin der Nacht.«

Orgasmuslose Göttin der Nacht. Wir kriegen das schon hin. Ganz bestimmt!

Nach einem kurzen Frühstück, das für mich aus einem Blowjob unter der Dusche und zwei Tassen Kaffee zum Nachspülen besteht, betrachte ich Gabriel in seinem dunklen Anzug. Er trägt die Haare offen und gehört zu den Männern, die in einem Slim-fit-Anzug nicht wie eine abgebundene Bratwurst aussehen. Wir stehen nebeneinander und bewundern uns im Spiegel. *Perfekt* fällt mir dazu ein. Das perfekte Paar, hier und jetzt haben sich meine Träume erfüllt, das gebe ich nicht so einfach auf, und wenn ich ihm zehnmal am Tag einen blasen muss. Es geht hier schließlich um die wahre Liebe.

»Du siehst so wunderschön aus, Malena. Die schönste Frau, die ich jemals getroffen habe.«

So schlimm wird dieser Tag nicht werden. Nein! Ich trage ein hübsches Kleid, der Mann, den ich liebe, ist an meiner Seite, und wir gehen zusammen auf eine Hochzeit. Ice ist neben mir, meine Versicherung. Wir verlassen die Wohnung und es fühlt sich ein wenig an, als würden wir gemeinsam in den Sonnenuntergang reiten – auf einem Esel.

Noch nie bin ich von so vielen fremden Menschen umarmt worden. Noch nie habe ich den Satz »Ganz wie die Mama« gehört. Irgendwie war ich mir schon darüber im Klaren, dass Porno-Peters Verwandtschaft nicht die

Klügsten auf diesem Planeten sein werden, aber auch noch blind? Mutter und ich ähneln uns gar nicht, auch charakterlich gibt es gravierende Unterschiede.

Gabriel und ich sitzen am Brauttisch, die Hauptakteure fehlen noch. Porno-Peters Familie kennenzulernen, macht mir ungefähr so viel Spaß, wie Fußnägel zu essen. Die Lautstärke im Lokal ist ohrenbetäubend, alle sprechen miteinander, als hätten sie sich nicht erst im heimischen Kuhstall getroffen, sondern nach langer Suche wiedergefunden. Ich lerne Karin kennen. Sie ist Peters jüngere Schwester. Auf diese Idee wäre ich auch von allein gekommen, sie sieht aus wie er, nur ohne Schnurrbart, dafür mit Haaren auf dem Kopf. Seltsamen Haaren. Der Anblick ist verstörend. Peters Eltern weilen nicht mehr auf dieser Erde, teilt mir Karin mit, sieht mir in die Augen und bricht in Tränen aus.

»Es ist so schön, dich kennenzulernen. Darf ich dich umarmen?«

Meine Gedanken überschlagen sich. Es ist keine Lüge, wenn ich es ihr erlaube, oder? Hätte sie mich gefragt, ob ich es mag, dann ... Ich hasse es, umarmt zu werden. Karin scheint nicht empathisch zu sein, sie schlingt ihre Würgeschlangenarme um meinen Hals und heult mir einen hässlichen Fleck auf mein hübsches Kleid.

»Jetzt habe ich noch eine Schwester.«

»Nichte.«

Sie sieht mich fragend an. »Meine Mutter wäre dann deine Schwester und ich als Tochter meiner Mutter deine Nichte. Ist aber auch nicht so schlecht. Ich kann eine g...

Nichte sein, Tante.« Das *gute* verschlucke ich gerade noch, bevor die Lüge über meine Lippen kommt. Zur Hölle noch mal, ich muss besser aufpassen! Auch auf meine Mutter mit Porno-Peter. Meine Aufgabe als Brautjungfer ist es, das Brautpaar anzukündigen und vor ihnen zum Tisch zu schreiten. Das schaffe ich auf alle Fälle.

Karin wendet sich ihrer Nachbarin zu. Innerhalb einer Stunde lerne ich alle deutschen langweiligen Namen kennen, leider merke ich sie mir alle, so gern ich sie auch aus meinem Gedächtnis löschen würde. Das ist wie mit Schlagern. Ich hasse Schlager, kann aber immer mitsingen. Alles überflüssige Buchstaben in meinem Kopf, die ich so nötig brauche wie wasserdichte Laufschuhe.

Da gibt es Holger, Porno-Peters jüngerer Bruder, dessen Augen auf meinen Brüsten geparkt sind. Sonja, seine untersetzte Frau mit einem Dauerwellenunfall, schlägt ihn belustigt auf die Schulter und rümpft ihre zu große Nase. Ihre Tochter Anneliese ist einer dieser Jugendlichen, die man am liebsten gegen eine Rattenzucht eintauschen möchte. Sie starrt Gabriel mit großen Augen an. Klar, stell dich hinten an, du Luder!

Mein Handy quakt los, ich habe Mutters Nummer heute den Klingelton *Ente* zugeordnet, irgendwie passt es.

»Ach du Scheiße!« Ich drehe mich um und stürze aus dem Raum, um Mutter und Peter in Empfang zu nehmen. Ich umarme beide, habe irgendetwas im Hals stecken und grunze sinnlose Silben heraus. Mutter sieht wie eine junge Frau aus, ihre Wangen sind gerötet, die Augen glitzern und ihr Lächeln ist das einer glücklichen Frau. Ich nicke Porno-Peter zu, mehr Herzlichkeit kann ich nicht aufbieten, die Umarmung hatten wir schon. Beide stellen sich hinter mir auf, ich gebe der Tür einen Schubs, die Musik setzt ein und wir schreiten unter brausendem Applaus in den Saal. Mutter leuchtet wie ein Feuer in der Nacht, Peter strahlt wie ein Halogenscheinwerfer. Ich begleite die beiden an ihren Tisch und stelle mich neben Gabriel. Der will mir unter den Rock grabschen, scheitert aber an der Länge meines Kleides.

»Lass das!«, zische ich ihn wütend an. Der spinnt wohl? Gleich stampfe ich ihn unangespitzt in den Boden.

»Ich bin so glücklich, Schätzchen. Ich kann das alles nicht fassen, nach so vielen Jahren. Ah! Ist das Gabriel?«

Auch er wird umarmt und direkt in ihr Herz geschlossen, das so groß ist, dass die ganze Welt darin Platz finden könnte.

»Er sieht gut aus«, flüstert Mutter in mein Ohr – so laut, dass es alle Umstehenden hören können.

Peter steht vor mir und reißt mich in seine Arme. Vielleicht macht er sich Sorgen, dass ich wieder etwas über seinen Arm hänge, wenn er die Hand ausstreckt?

»Herzlichen Glückwunsch«, würge ich heraus.

»Ich liebe deine Mutter und werde sie glücklich machen.«

»Das solltest du. Wenn nicht, schlitze ich dich auf und fresse deine Eingeweide.« Das kam von Herzen. Peter tritt einen Schritt von mir zurück. Er spürt, dass etwas mit mir nicht stimmt, kann es aber nicht in Worte fassen. Wer kann das schon?

Die nächste halbe Stunde bin ich damit beschäftigt, Gabriels Finger abzuwehren und Unmengen an Sekt in mich hineinzuschütten. Die ersten Reden werden gehalten, es wird gelacht und Glückwünsche werden ausgesprochen. Kurzzeitig überlege ich, Gabriel von seinen Händen zu befreien, er lässt mich einfach nicht in Ruhe und faselt dauernd etwas davon, mich auf dem Klo ficken zu wollen. Ich hätte den Melissentee mitbringen sollen, aber zum Glück zeigen die neun Gläser Sekt langsam ihre Wirkung.

»Verdammt!« Gabriel hat es geschafft, unter mein Kleid zu kommen. Die Gäste sehen mich an und es dauert einen Augenblick, bis ich kapiere, dass sie glauben, dass ich eine Rede halten werde. Gabriels Finger sind fast in meinem Schritt angekommen, ich springe vom Stuhl, um ihm zu entkommen.

»Mutter, Po... Peter, Gäste und Ice. Ich habe viele Glückwünsche gehört und möchte mich ihnen anschließen.« Erwartungsvoll schaue ich in die Runde. Die Aufmerksamkeit der Gäste habe ich, zumindest aller männlichen. »Mutter, ich wünsche dir Durchhaltevermögen und Sex. Also guten Sex, und ich kann dir sagen, Quantität ist da der falsche Ansatzpunkt!

Lieber weniger Sex, glaub mir, da kann ich wirklich mitsprechen, als, na ja ...«

Mir fällt nichts mehr ein, eventuell bin ich betrunken und sollte besser still sein. Mutter sieht mich über den Tisch hinweg an und schüttelt den Kopf.

»Also, was ich damit sagen möchte ...«

»Madame! Ihr seht einfach fantastisch aus. Ich würde gern hier an dieser Stelle übernehmen.«

Ein Raunen geht durch die Hochzeitsgesellschaft. Mr Darcy steht hinter mir, legt seine Hand auf meinen nackten Rücken, meine Haut saugt die Wärme seiner Finger auf und empfindet die Annektierung des Körpers als natürliche Ordnung. Er drückt mich sanft auf den Stuhl zurück, nimmt mein Glas Sekt, umrundet den Tisch und geht lächelnd zu meiner Mutter und Peter, die ihn beide fasziniert anstarren wie ein exotisches Tier im Zoo. Er stellt sich neben meine Mutter, haucht einen Kuss auf ihre Wange und schüttelt Peter die Hand. Mir läuft ein Schauer eiskalt über den Rücken.

»Ich erhebe mein Glas auf das Brautpaar, auf die Liebe, die beide zu diesem Schritt bewogen hat, das Verständnis füreinander, das sich im Kleinen zeigt und zu Großem beflügelt«, Darcys bernsteinfarbene Augen leuchten, er hält meinen Blick fest, und wüsste ich es nicht besser, würde ich denken, er spricht über uns, »die Absicht, den Weg gemeinsam zu beschreiten und sich nicht beirren zu lassen. Lasst uns gemeinsam auf die Liebe trinken, nach der wir alle streben! Auf Rosemarie und Peter, möget Ihr glücklich werden!«

Beifall brandet auf, Mr Darcy verneigt sich galant, ganz der große Redner, und kommt an meine Seite. »Madame, würdet Ihr bitte mit mir mitkommen? Ich bringe sie gleich zu Ihnen zurück«, wendet er sich an Gabriel, der ihm zunickt, dann in meinen Ausschnitt giert und sich über die Lippen leckt. Würg!

»Wir haben nichts zu besprechen.« Meine Stimme ist schleppend, wenn ich jetzt aufstehe, falle ich. Ganz bestimmt! Mir ist schwindlig, alles dreht sich. Nein, ich kann nicht aufstehen ...

Mein Einwand wird nicht gehört, an Darcys Seite verlasse ich den Raum und finde mich sitzend an einem offenen Fenster wieder. »Was machst du hier? Du bist nicht eingeladen.«

»Sehr herzlich sogar und mit großer Freude angenommen. Ihr habt Euch entschlossen, Euren Hagestolz zu bezirzen und seine designierte Seele Eurem Vater zu übergeben? Sollte dies Eure Entscheidung sein, seid Ihr fürwahr ein großes Wesen.«

»Ich weiß nicht mal, was das bedeutet, und es ist mir auch egal. Ich hatte viel zu tun die letzten Tage, und du hast mir auch noch ein Haustier aufgezwungen.«

»Ihr habt die Verantwortung mit Bravour gemeistert, ich kann ihn wieder mitnehmen.«

»Ihn? Es ist also wirklich ein Er? Ich habe ihm einen Namen gegeben und würde ihn gern noch behalten«, plappere ich ohne Sinn und Verstand.

»Hochlöblich, Madame! Und stets tunlich die Wahrheit sprechen.«

»Wann kommt mein Vater? Werde ich ihn erkennen?«

»Ihr werdet augenblicklich über sein Erscheinen informiert sein.« Mr Darcy schaut mich an, nimmt meine Hand. Was tut er da?

»Ihr seht wundervoll heute aus, wenn ich das so sagen darf. Die Farbe des Kleides steht Euch gut zu Gesicht und bringt Eure Haut zum Strahlen. Das Rosa hat exakt die Farbe Eurer Brustwarzen.«

»Was? Woher?« Ich habe Mühe, einzuatmen.

»Ich kenne Euren Körper gut, habe in jeden Winkel gespäht. Ich rieche Eure Konstitution und weiß auch, was Ihr begehrt.«

Seine Finger spielen am Saum meines Kleides, ziehen ihn langsam nach oben, über meine Fesseln, meine Waden, die Oberschenkel. Gier überfällt mich, meine Augen habe ich geschlossen, ich kann mich nicht bewegen, der Saum streichelt meine Haut Zentimeter für Zentimeter. Und nicht nur der Saum. Seine Finger ...

»Madame, habt Ihr nicht die Explosion Eures Körpers vermisst? Euer Wohlergehen liegt mir am Herzen, Eure Sehnsucht nach Erfüllung weckt in mir das Verlangen, das Eure zu stillen.«

Seine Hand ruht auf meinem Schenkel, meinem nackten Schenkel. Die Hitze seines Fleisches ist überwältigend. Ich atme schneller, als seine Hand ihren Weg fortsetzt. Langsam, Stück für Stück, setzen seine Fingerspitzen meine Haut in Brand. Begierde tost in mir und ich flehe Mr Darcy stumm an, den Punkt zu berühren, der vor Sehnsucht nach ihm schmerzhaft pocht.

»Wahrlich, solche Begierde zu spüren, ohne Aussicht auf Zufriedenstellung, das ist eine Bürde, die zu tragen Ihr nicht gezwungen seid. Gebt Euch mir hin und Ihr werdet ...«

»Malena! Schatz, wo bist du?«

Gabriels dunkle Stimme bricht den Zauber und ich freue mich nicht darüber. Einen Lidschlag später stehen Mr Darcy und ich in angemessenem Abstand nebeneinander, komplett angezogen.

»Ich komme gleich, Gabriel.« Ja, das wäre ich, wenn mein Engel nicht gestört hätte. Ich wäre gekommen in den Armen des Dämons. Ein Teil von mir möchte vor Darcy fliehen, der andere will in ihn hineinkriechen, seinen Worten lauschen. Was geschieht mit mir? Ich wollte die wahre Liebe und finde mich wieder in unergründlicher Sehnsucht nach diesem Dämon. Zum wiederholten Male wünsche ich mir, dass ich ihn auslöschen könnte, aus allen Dimensionen tilgen. Warum kann mein Engel nicht so verflucht sexy sein wie ...?

»Madame, seid Ihr darauf vorbereitet, Eurem Vater gegenüberzutreten? Ihr werdet Euer Spielzeug an ihn abgeben müssen. Das ist Euch bewusst, nicht wahr? Ihr habt Eurem Gabriel seine Verteidigung genommen, seinen freien Willen, nun wird es Zeit, den Handel zu vollziehen. Ich hatte meine Warnung ausgesprochen. Ihr hattet die Wahl und nun die Pflicht. Gehabt Euch wohl, meine Liebe.«

Meine Liebe! Kaum hat Mr Darcy die letzten Worte gesprochen, ist er verschwunden. Gabriel kommt auf mich zu und schließt mich in eine Umarmung, die sich falsch anfühlt. Hand in Hand gehen wir zurück in den Festsaal und nehmen wieder auf unseren Stühlen Platz. Ein Onkel oder Cousin, Hans heißt das Männlein, verheiratet mit Gertraud oder, mir egal, kündigt das Eheversprechen an und gleich danach das Essen. Aufgeregtes Gemurmel, Stühle werden hin und her geschoben und ich bin froh, meines Amtes als Brautjungfer enthoben zu sein. Schwarz bekleidete Kellner servieren Wein. Ich behalte eine Flasche Rotwein bei mir. Gabriel flüstert mir zärtliche Worte ins Ohr, ich brauche mehr Alkohol. Meine Mutter und Peter stehen sich gegenüber, halten sich an den Händen und sehen sich verliebt an.

»Ich verspreche, dich zu lieben, mein ganzes Leben. Ich werde dir vertrauen, für unsere Liebe kämpfen und niemals aufgeben. Ich bitte dich, liebe mich, halte mich und beschütze mich, das ist mein Wille.« Mutters Augen laufen über, während sie redet, die Gäste klatschen und Peter nimmt sie in den Arm.

Vor meinem geistigen Auge sehe ich alle Feministinnen dieser Welt in einen Eimer kotzen und ich kann es ihnen nicht verdenken. Trotzdem ist es ... Gabriels Finger sind schon wieder dabei, sich den Weg durch mein Kleid zu wühlen. Warum ist mir solch eine Liebe nicht vergönnt?

»Jetzt bin ich dran und ich bin wirklich nervös«, gibt Porno-Peter mit erstaunlich dünner Stimme von sich. Er zittert und muss sich am Stuhl festhalten. Mutter lässt ihn einen Schluck aus ihrem Wasserglas trinken. Die beiden sind in ihrer Welt, ihrem Herzchen-Universum. Ich wende den Blick zur Seite, die Zuneigung in ihren Blicken beschämt mich. Das hier ist so sauber und anständig. Nichts für mich.

»Jetzt versuche ich es noch einmal. Ich verspreche dir, dich zu lieben, solange ich lebe und auch darüber hinaus. Ich verspreche dir, dich zu ehren und an deiner Seite zu stehen – egal was passiert. Du machst mich zu einem besseren Menschen, du machst mich zu einem besseren Mann. Ich kann es immer noch nicht fassen, dass du mich erwählt hast.«

Peter schluchzt und reißt Mutter in seine Arme. Die Gäste johlen, klatschen und pfeifen. Ich sitze an meinem Platz und trinke mein drittes Glas Wein. Gabriel weint vor Rührung und flüstert mir ins Ohr, ob ich jetzt endlich mit ihm auf die Toilette gehen möchte, um schmutzigen Sex zu haben. Unter dem Tisch spüre ich Ice, der sich auf meinen teuren High Heels zusammenrollt und darauf eine imaginäre Schleimspur hinterlässt.

Mutter hebt die Arme und bittet um Ruhe. »Das Büfett ist eröffnet.«

Mein Blick wandert über die Gäste, das Servicepersonal ... Mr Darcy ist nicht zu entdecken. Hat er die Einladung meiner Mutter doch nicht angenommen? Weshalb interessiert mich das überhaupt?

Kann ich es zulassen, dass Gabriel auf meinen Vater trifft? Ich bin egoistisch und selbstsüchtig. Ein Pakt mit dem Teufel? Nein, natürlich nicht! Menschen töten? Die Beherrschung verlieren? Dann und wann. Ist ja auch nicht weiter erwähnenswert, ich erhalte Hilfe, wann immer ich sie brauche. Ich habe mich für Gabriel entschieden und gegen meinen Vater. Gabriels Seele bleibt schön hier.

»Komm, Babe! Jetzt ist ein guter Zeitpunkt, jeder stopft sich mit Essen voll. Wir können ficken und sind rechtzeitig zum Hochzeitskuchen zurück.«

Wie romantisch! Da kann ich gar nicht widerstehen. Ich nicke, Gabriel springt so hastig auf, dass der Stuhl nach hinten fällt. Sehr unauffällig. Hans, ein anderer Cousin dritten Grades und mit Marianne verheiratet, einer Cousine von Peter ersten Grades, also gerade mal so an der Inzucht vorbeigeschrammt, brüllt durch den Raum: »Na, ihr beide habt es ja eilig, wollt ihr euch auf der Toilette vergnügen?«

Mit Gabriels knallrotem Gesicht erübrigt sich eine Antwort, und von Klatschen angefeuert verlassen wir den Saal. Vor den sanitären Anlagen kommt es zu einem kurzen Gerangel zwischen uns, Gabriel möchte mich in die Herrentoilette ziehen, ich möchte zu den Frauen. Immer der gleiche Scheiß. Für das, was ich vorhabe, brauche ich keinen abgeschiedenen Raum und ich möchte auch nicht wieder mit ihm vögeln.

»Gabriel, sieh mir in die Augen!« Ich werde ihm seinen Willen zurückgeben, ich hoffe so sehr, dass er mich liebt.

Ich möchte so etwas haben wie zwischen Mutter und Peter. Ich will das volle Programm!

Plötzlich spüre ich eine Präsenz, eine Bedrohung, die mich alles andere vergessen lässt. Mr Darcy hatte recht, ich weiß es einfach. Mein Vater ist da. Das ändert alles. Mir bleibt keine Wahl. Ich packe Gabriels Gesicht und denke mich in seinen Kopf hinein. Er erhält zurück, was er mir nicht freiwillig gab.

Grob zerre ich Gabriel zurück in den Saal. Er ist verwirrt, lässt alles mit sich geschehen. Ich habe ihm seinen freien Willen zurückgegeben, doch scheinbar kann er noch nichts damit anfangen. Hektisch sehe ich zur Tür, mit einem Tusch wird eine riesige Eistorte von vier Kellnern hereingetragen. Mein Ice unter dem Tisch wird unruhig und schnorchelt laut. Oje, Eistorte! Die geht noch vor Mensch, da bin ich sicher.

»Wo bin ich hier? Was? Malena? Mir ist übel.«

»Ganz ruhig, Gabriel, kotz jetzt bloß nicht! Wir sind hier auf der Hochzeit meiner Mutter, nachdem wir die letzten zwei Nächte zusammen verbracht haben.«

Und du mich wie ein Karnickel gebumst hast, du Vollidiot.

Er ist still und sieht verdattert aus, jetzt hat er einiges zum Nachdenken. Mutter und Peter schneiden die Eistorte an und ein großer Kleks fällt auf den Boden. Ach je, Scheiße! Mein Höllenhaustier grunzt begeistert. Klar, er hat Hunger. Schließlich habe ich schon lange niemanden mehr getötet.

»Bleib, wo du bist!« Meine Stimme kippt vor Angst, dass Ice die Etikette vergisst und die Beherrschung verliert.

»Was hast du gesagt?« Gabriel guckt blöde auf seine Hände, die er auf seinem Teller abgelegt hat. Verflucht, das wird wohl eine Weile dauern, bis er wieder bei Sinnen ist.

»Magst du etwas essen Gabriel, Liebling? Du siehst etwas grün im Gesicht aus, alles okay?«

»Ice, bleib da, verdammt!«

Kennen Sie diese Sekunden, bevor die Hölle losbricht? Das ultimative Wissen, dass Sie gar nichts dagegen tun können, dass das Unheil seinen Lauf nimmt – ungebremst und auf jede erdenkliche Weise beschissen?

Das gedärmfressende Untier reißt sich unaufgefordert von meinem Befehl los, der ihn eigentlich wie eine unsichtbare Kette umschließen soll, und macht sich auf den Weg zur Hochzeitstorte. Dabei achtet er nicht darauf, wer oder was im Weg sitzt, steht oder liegt. Hannelore, Sonjas ledige Freundin und auf Freiersfüßen, anders lassen sich diese High Heels einfach nicht erklären, wird von Ice einfach überrannt. Hannelore sinkt auf die Knie, sichtlich überrascht, das hat sie nicht kommen sehen. Wie auch? Ich hingegen sehe ihre beiden Oberschenkelknochen aus den Beinen ragen, bevor der Schmerz Hannelore übermannt und sie wie eine Verrückte zu brüllen beginnt.

Ganz toll! Das habe ich nun davon, wenn meine menschliche Seite die Überhand gewinnt. Darcy kann das dumme Vieh zurück in die Hölle verbannen, dahin, wo es am heißesten ist. Eine Frau, ich glaube, sie heißt Leonie, stürzt aus einem nicht ersichtlichen Grund zu Boden und bleibt bewusstlos liegen. Ich springe auf. Anscheinend hat sie Ice erwischt, die blöde Pute, dann atme ich erleichtert auf. Nein, stolz beobachte ich, wie er sich unter ihrem fetten Arsch in die Freiheit kämpft. Lächelnd sehe ich mich um. *Das ist MEIN Cleaner*, würde ich am liebsten rufen. Eine Blutfontäne aus Leonies Hintern erweckt in mir den Eindruck, als hätte Ice auf dem Weg zur Torte doch noch von ihr genascht. Fuck! Jetzt ist alles vorbei, schlimmer kann es nicht mehr kommen. Es wird geschrien, Holger und Hans kommen den am Boden liegenden Frauen zu Hilfe. Hans kann anscheinend kein Blut sehen und kotzt seine Shrimps auf Leonies Kleid. Mein Höllentier dreht sich im Kreis. Entweder hat er die Orientierung verloren oder er kann sich nicht entscheiden, was er zuerst fressen soll.

»Stopp, Ice!«, brülle ich autoritär. »Nicht die Torte, Schnorchel weg von der Torte!«

Das zeigt keine Wirkung. Ich muss etwas unternehmen, will losrennen, da packt mich Gabriel am Arm.

»Was hast du mir angetan? Wo bin ich hier? Es ist deine Schuld.«

Meine Fresse, ist doch scheißegal. Sieht er denn nicht, was hier gerade abgeht?

»Wir reden später darüber. Du liebst mich, du ...«

Mr Darcy steht am Eingang des Saales, er sieht offiziell aus, seine Augen haben die Farbe von dunkelrotem Bernstein. Neben ihm steht ein hochgewachsener Mann mit durchtrainierter Figur. Er hat eine auffallend helle Haut, weißes Haar und die gleichen strahlend blauen Augen wie ich. Mein Vater, der Höllenfürst, Satan. Scheiße! Wir erkennen uns über die vielen Menschen hinweg, nur noch er spielt eine Rolle. Die Zeit gerät ins Stocken, Lucifer zieht mich in seine Welt hinein, in eine Blase, einen Ort – ungestört von diesem Chaos, den blutenden und schreienden Menschen. Mein Vater und ich sind allein, nach all den Jahren meiner Existenz stehen wir uns gegenüber. Er ist perfekt, auf eine Art, die mir eine höllische Angst macht, als könnte sein Anblick meine Augen verbrennen, als würde ich bestraft, nur weil ich ihn ansehe und es nicht wert bin. Außerhalb dieser Welt sehe ich meine Mutter, blass wie eine Leiche durch den Raum gehen. Sie ist gefasst, doch der Schmerz frisst sich in ihr Gesicht. Mein Vater folgt meinen Blicken und dann sehe ich eine Reaktion, eine Veränderung in seinem perfekten Gesicht, eine flüchtige Wehmut, die so schnell wieder verschwindet, wie sie aufgetaucht ist.

Der Fürst der Finsternis hat Gefühle, Gefühle für Mutter? Dann habe ich wieder seine Aufmerksamkeit, er zieht mich zu sich, ich kann mich nicht dagegen wehren, gehe stockend auf ihn zu.

Wenn jetzt kein Wunder geschieht, bin ich verloren, dann gibt es kein Zurück mehr für mich. Mein Herz rast und meine Haut brennt wie Feuer.

»Ich werde nicht mit dir kommen.« Die Gedanken kreisen in meinem Kopf und ich wiederhole den Satz immer und immer wieder, bis ich vor ihm stehe. Er streckt seine Hand aus, deren weiße Farbe einen verstörenden Kontrast zu seinem dunklen Anzug bildet.

Ich möchte mich hinknien, um ihm zu huldigen, ihn anzuflehen, ihm zu geben, was er verlangt ... da taumle ich aus seiner mentalen Umarmung zurück. Seine Konzentration scheint gestört, die mächtige Aura des Höllenfürsten wird schwächer. Etwas hat die Aufmerksam meines Vaters erregt, und dieses Etwas ist mein durchgeknalltes Höllenvieh. Verwirrt schaue ich mich um, nehme zum Teil wieder wahr, was in der realen Welt geschieht. Die meisten Gäste sind blutverschmiert oder voller Kotze, der Saal sieht es aus wie das Filmset von *The Walking Dead*.

Mein Vater öffnet den Mund und schließt ihn wieder, blickt kopfschüttelnd zu Mr Darcy, der nicht mit einer schönen Wimper zuckt. Mit Sorge sehe ich, dass Holger und Karin unwissentlich Ice den Weg zur Torte versperren. Mein Höllentier schnappt sich als Vorspeise Holgers Wade, Sushi aus Mensch quasi, und ich wundere mich, wie lange es dauert, bis Holger das fehlende Stück aus seinem Bein vermisst. Ich kann die Gedanken meines kleinen Freundes lesen und stöhne auf. Das darf nicht wahr sein! Die Hölle ist hier auf Erden und Satan trägt keine Schuld. Das ist die bittersüße Wahrheit. Des Teufels Tochter und ihr Höllentier sorgen für eine unvergessliche Party. *Fuck!*

Ice ist fast bei meiner Mutter angekommen, sie wird stürzen, vielleicht überlegt er sich es auch anders und greift sie an. Wer weiß das schon? Ich bin wieder bei klaren Gedanken, brülle: »Mutter, pass auf!« Sie lacht. Verwirrt. Denkt sie etwa, ich mache mir Sorgen um ihren Cholesterinspiegel? Was soll ich sonst rufen: Mutter, Achtung, gleich beißt dich ein Cleaner?

Ich renne los, Ice sieht mich kommen, das kleine Aas, springt vom Boden, segelt an meiner Mutter vorbei, verpasst Porno-Peter eine Ladung Schleim ins Gesicht und landet mitten in der Eistorte, die nach dem Aufprall regelrecht explodiert. Nein! Die Hochzeit meiner Mutter ist komplett im Arsch! Ich renne, muss mich beherrschen, dass ich nicht aus der Tür stürze und das Land verlasse. Es wäre wohl das Beste. Aber es gibt kein Entrinnen. Nicht vor dem Teufel! Mr Darcys Gesichtsausdruck kann ich als fassungslos bezeichnen, mein Vater streckt lässig die Hand aus, um einen Schwall explodierte Eistorte abzuwehren, der stattdessen das Landwirtehepaar Christel und Adolf im Rücken trifft und über den gedeckten Tisch schleudert. Ganz toll, Papa!

Gabriel folgt mir. Warum zur Hölle? Er weicht den Geschossen aus und packt mich an meinen Haaren. »Bleib stehen! Wie komme ich hierher? Sag schon! Haben wir gefickt?«

Wortlos befreie ich mich aus Gabriels Griff. Darcy kommt drohend auf ihn zu, er spielt sich zu meinem Beschützer auf. Finde ich das gut? Verdammt, darum kann ich mich jetzt nicht kümmern. Mutter putzt undefinierbaren Schleim aus Peters Gesicht, der jetzt gar nicht mehr nach Porno aussieht. Ice wälzt sich in der Eistorte. Ich kann ihn grunzen hören. Der kleine Scheißer ist wohl der Einzige, der hier Spaß hat. Verflucht! Um mich herum ist das Chaos in vollem Gange. Menschen schreien, beschuldigen sich gegenseitig. Blutlachen haben sich am Boden gebildet, Holger schreit lauter als Leonie, der es nicht so schlecht geht wie Hannelore.

»Braver Ice, komm her, ich tu dir auch nichts ...«, locke ich gedanklich und, als das nichts bringt, mit dominanter Stimme. Tja, ich werde es kochen, das Mistvieh, und in die Hölle zurückstampfen ... sobald ich es habe. Papa kann es gleich mitnehmen. Diese Wünsche kommen jetzt beim Höllenvieh an, er schlabbert sich eilig aus dem kläglichen Rest der Hochzeitstorte und sucht das Weite. Seinen Weg kann ich gut nachverfolgen, schreiend fallen reihenweise Menschen um, Blut spritzt, und ich bin mir sicher, dass der eine oder andere Gast sein Leben aushaucht.

»Scheißdreck!«, fluche ich vor mich hin. Ich muss unbedingt zu meiner Mutter, sie beruhigen, wegschaffen von hier, bevor sie Satan zu Gesicht bekommt und zu guter Letzt vielleicht sogar als Höllenfürsten erkennt.

»Mutter! Wer ist mein Vater? Weißt du, wer mein Vater ist?«

Irritiert schaut sie mich an. »Wieso fragst du mich das? Ausgerechnet jetzt? Sieh doch, was hier passiert, hier ist die Hölle los, Schätzchen!«

»Beantworte mir die Frage. Wer ist mein Vater?«, lasse ich nicht locker. Der Teufel steht in der Zwischenzeit in einer Telefonzelle. An seinem Gesicht kann ich erkennen, dass der Callcenter-Mitarbeiter einen schlechten Tag hat. Die Telefonzelle war für mich gedacht, na ja, das ist ja mal echt lustig. Ich grinse, allerdings nur sehr, sehr kurz. Die Hölle ist noch nicht dahin verschwunden, wo sie hingehört. Leider!

Wissen Sie, wie man das nennt? Eine Verkettung unglücklicher Umstände oder auch eine dicke Scheiße.

»Mutter!« Ich bin an ihrer Seite, sie kann nicht sprechen, bückt sich und hebt einen halben Teller auf.

»Wie konnte das denn nur alles passieren? Es ist doch meine Hochzeit. Der schönste Tag in meinem Leben.«

»Ja, ist er das denn nicht? Bestimmt gibt es schlimmere Hochzeiten.«

Mutter heult, Gabriel zerrt einen Moment nicht an meinen Haaren und Peter starrt mich entgeistert an.

»Hast du etwas damit zu tun?«

»Spinnst du? Natürlich nicht!« Ich spreche die fette Lüge aus und stehe fast augenblicklich in meinem Gestank. Mr Darcy wedelt theatralisch wie immer mit einem Taschentuch vor seiner Nase herum, Satan als das personifizierte Böse scheint immun zu sein, Ice hat diese Dimension offensichtlich verlassen. Der schleimige Verräter! Ich packe Gabriel am Kragen und schreie in den Raum: »Luft anhalten!«

Mir reicht es jetzt! Schluss mit den Faxen! Was geht mich mein Vater an? Soll er mir doch drohen oder sich besser an die eigene Nase fassen. Satan hin oder her, als Vater hat er auf allen Ebenen versagt. Soll er sich seine Erziehungsmaßnahmen doch in den knackigen Hintern schieben! Keine Sekunde meines beschissenen Lebens war er für mich da, ist lieber seinen gottverdammten Geschäften nachgegangen, statt mit mir in den Zoo zu gehen oder Eis essen, wie es normale Väter tun. Also drauf geschissen, was der Teufel will! Seine Tochter will ihre Ruhe! Gabriel gehört mir, denn es wird die wahre Liebe werden. Scheiß drauf, wie Papa oder Darcy darüber denken. Ich hau ab. Jetzt! Mutter wird es besser ohne mich ergehen, dann muss sie mich nicht mehr anlügen und kann in ihrem Spießerleben glücklich werden.

Würgegeräusche dringen an mein Ohr. Der Gestank ist wirklich übel. Olentia Infernum. Drauf geschissen!

It's my way

»Viel Glück!«, rufe ich in die Runde und weiche einem Schwall Erbrochenes aus, der aus Porno-Peters Mund schießt und Mutter im Gesicht trifft. Mit einem kotzenden Gabriel im Schlepptau renne ich durch den Tumult nach draußen. Im Leben kommt einmal die Zeit, sich entscheiden zu müssen. Für mich und Gabriel ist es so weit, wir hauen ab und fangen irgendwo inkognito neu an. Wir werden heiraten, eine Familie gründen, glücklich und zufrieden bis an unser Lebensende zusammenbleiben. Basta! Wer etwas anderes sagt, fliegt in die Luft. Ich habe auch ein Leben, die Hölle ist mir genug, das Leben hier ödet mich auch an. *I will do it on my way!*

»Lass mich los! Sofort! Das ist ja widerlich.« Gabriel sieht das nicht ganz so wie ich. Neben mir steht eine Vase mit getrockneten Blumen. Es gibt nur eine logische Konsequenz für mich. Ich packe die Vase und haue sie Gabriel über den Schädel, eventuell etwas fester, als nötig gewesen wäre. Ohne Mucks bricht er zusammen, ich ziehe ihn und eine dicke Blutspur hinter mir her. Es muss schnell gehen, Mr Darcy ist nicht weit weg, und wo Satan gerade Freude verbreitet, will ich gar nicht wissen.

Gabriel blutet wie ein abgestochenes Schwein. Herrje! Aber die Hölle muss hier sowieso mit einem großen Reinemachetrupp aufwarten. Wahrscheinlich wird es heute zu personellen Engpässen aufgrund dieses Malheurs kommen, aber das ist nicht mein Problem. Mit einer Hand halte ich die Eingangstür auf, zerre meinen braungoldgelockten Rammelhasen weiter, der mit den Schultern im Rahmen hängen bleibt. RUMS! Die zurückschwingende Tür knallt an seinen Kopf. Autsch! Das muss wehtun. Aber er ist so verdammt schwer. Was mache ich denn jetzt? Hach, ich bin immer so unorganisiert. Wütend zerre ich Gabriels stattlichen Körper weiter, bis mein verletzter Engel vor der Eingangstür liegt. Alois, einer der tausend Verwandten, raucht seine Zigarette und hat nichts mitbekommen, der Gute. Schockiert sieht er zu mir, dann zu dem blutüberströmten Gabriel zu meinen nackten Füßen. Wo sind eigentlich meine Schuhe geblieben?

»Wir fahren schon nach Hause. Gabriel muss sich hinlegen. Er ist müde.«

»Ja, sieht so aus. Kann ich helfen?« Den Mann schickt der Himmel oder wer auch immer.

»Das wäre ganz wunderbar!«

Alois zeigt auf einen kleinen weißen Lieferwagen mit der Aufschrift: *Filz, der Kammerjäger ihres Vertrauens.*

»Der Rattentyp ist in das Haus dort drüben hinein. Der hatte es eilig!« Alois zeigt auf ein Wohnhaus und öffnet die Tür zur Ladefläche. Perfekt! Passt zu meinem neuen Leben, wenn Gabriel und ich sieben oder neun Kinder haben, können wir die mit dem Auto herumkutschieren und einsperren, wenn sie nerven.

Ich zerre meinen stöhnenden Engel über den Gehweg und brülle: »Hilf mir, ihn hier reinzulegen!«

Alois ist brav, er sieht aus, als hätte er eine höllische Angst vor mir, was nicht ganz unberechtigt ist. Gabriel ist verstaut, ich raffe mein Kleid, springe auf den Fahrersitz, tippe auf den Anlasser, das Auto springt an und ich rase davon.

Ha! Ich hau ab! Macht mit eurem Scheiß, was ihr wollt. Papa, see you ... irgendwann!

Durch den Rückspiegel sehe den verdatterten Alois, der sich eine Zigarette anzündet. Auf der Ladefläche rollt mein bewusstloser Engel hin und her. Ich bringe alles wieder in Ordnung, zuerst nur raus aus der Stadt.

Geschickt manövriere ich den Lieferwagen durch die Frankfurter City. Mein zukünftiger Lebensgefährte stöhnt. Die Gefahr ist groß, dass er aufwacht und etwas Dummes macht. Ich brauche irgendetwas, womit ich ihn fesseln kann. Also fahre ich rechts ran, steige aus dem Auto und blicke suchend die Straße entlang. Eine Bäckerei, ein Telefonladen ... ein Sexshop. Perfekt! Ich öffne die Tür mit ein wenig Höllenkönnen und stehe im Laden. Bizarr! Schade, dass ich nicht länger Zeit habe, was es da alles gibt. Instinktiv greife mir einem roten Knebelball, rosa Plüschhandschellen und einen riesigen Gummischwanz. Der Sinn des dritten Utensils erschließt sich mir im Augenblick nicht, doch vielleicht lässt sich damit noch etwas anstellen. Später!

Gabriel sieht ganz nett aus mit diesem Ball im Mund und die Handschellen passen super. Noch ist er bewusstlos. Zum Glück! Ehrlich gesagt, möchte ich mir im Moment nicht vorstellen, was auf mich zukommt, wenn er wach wird. Aber alles hat seine Zeit. Das Chaos und die Liebe.

Den Dildo lege ich neben ihn, dann husche ich zurück hinters Lenkrad, trete das Gaspedal voll durch und sause stadtauswärts. Keine Ahnung, wie viel Vorsprung ich vor Darcy habe, er könnte mich aufspüren. Würde er das tun? Vielleicht habe ich Papa auch imponiert, schließlich ist er der Teufel. Es könnte doch gut sein, dass ihm die Party gefallen hat und er mir Zeit gibt, meine Hörner abzustoßen. Na ja, oder anzuspitzen – genau genommen.

Die Straße ist leer und breit und führt direkt aus Frankfurt heraus auf die Autobahn. Der Weg ist frei, hurra! Ähm, oder auch nicht. Welcher Idiot steht da mitten auf der Fahrbahn? Ich drossle das Tempo. Was zum Henker ...? Düster ragt eine Gestalt vor mir auf, groß und schlank, mit Gehrock und Stock, eine Hommage an die Vergangenheit. Mr Darcy. Natürlich! Ich bremse, Gabriel knallt an die Wand des Transporters, stöhnt vor Schmerzen ... Nur wenige Zentimeter vor Darcy bleibt der Wagen stehen.

Was passiert jetzt? Wird er Gabriel töten und mich meinem Vater ausliefern? Mein Herz schlägt wild, als ich Darcys Traurigkeit spüre, seine Enttäuschung aber auch ein wenig Stolz vor meinem Mut. Wie schön er ist, dieser Dämon.

Verdammt, was ist nur los mit mir? Wieso stürmen jetzt diese seltsamen Gefühle auf mich ein? Habe ich mir den Kopf gestoßen, werde ich verrückt? Die Szene am Fenster schleicht sich in meine Gedanken. Darcys Finger, die so gut zu meiner Haut passen. Seine Berührungen, seine Hitze. Verlangen lodert in mir auf. Ist das einer seiner Tricks? Unsere Blicke treffen sich durch die Frontscheibe und für einen Moment sehe ich meine Zukunft, eine andere Zukunft, wenn ich mich für ihn entscheide. Hier und jetzt habe ich die Wahl. Wirre Gedanken kreisen durch meinen Kopf, ich kann immer noch seine Finger auf meinem nackten Schenkel spüren. Auch Darcy scheint mit sich zu ringen. Zum ersten Mal wirkt er nervös, ist sich selbst nicht sicher, was er tun wird.

Und dann passiert das Unfassbare. Der Dämon, gesandt vom Teufel höchstpersönlich, tritt zur Seite und verneigt sich. Ich drücke das Pedal bis zum Anschlag durch und fahre los. Darcy tippt zum Abschied an seinen Zylinder und lächelt. Ja, er lächelt. Wir werden uns wiedersehen.

Die Würfel sind gefallen, doch die Karten neu gemischt.

Ende des ersten Teils.

Wie geht es weiter?

Als ich meine Augen öffne, weiß ich sofort, dass ich nackt bin. Dagegen habe ich nichts, meine schönsten Erlebnisse hatten etwas mit genau diesem Zustand zu tun. Auch die Fesselung meiner Handgelenke irritiert mich bestenfalls ein wenig. Ich zerre daran, die Schlingen ziehen sich fester und schneiden in mein Fleisch.

War ja klar. So eine Scheiße! Irgendetwas stimmt nicht.

Leider weiß ich nicht mehr, wie ich hierhergekommen bin. Ein Filmriss. Ich habe keine Ahnung, wie viel meiner Lebenszeit ich vergessen habe. Der Versuch, meinen Kopf zu drehen, um mich in dem wenig einladenden Raum umzusehen, scheitert.

Das darf ja wohl nicht wahr sein!

»Madame, Ihr weilt wieder unter den Lebenden?« Diese Stimme aus dem Off lässt mich aufatmen, nur kurz, dann stürmen die Erinnerungen auf mich ein. Nein, das ist der falsche Ausdruck. Ein Tsunami an Bildern flutet wie eine riesige Welle meinen Verstand – und mit ihm Gefühle, die ich nur mit Hass beschreiben kann.

»Du hast mich getäuscht!«

»Madame, zu Euren Diensten. Jederzeit.« Mr Darcy nähert sich langsam, sein Gesichtsausdruck ist unergründlich und passt hervorragend zu seinem schwarzen Gehrock mit schwarzem Hemd. Wie eine Version vom *Schwarzen Mann* – nur kann Darcy keine Kinder zu Tode erschrecken, sondern höchstens zu Tode langweilen.

»Mach mich los, dann kannst du mir zu Diensten sein! Ich ziehe dir die Haut ab!«

»Nichts lieber als das, Madame, wissen wir doch beide, wie sehr Sie die körperliche Auseinandersetzung schätzen.«

Diese Ausgeburt aller höllischen Wesen hat recht, in seinen Armen zu liegen, war ... Egal!

»In diesem Fall, Madame, sind mir die Möglichkeiten verwehrt, Ihnen Gutes zu tun.« Mr Darcy tritt so dicht an mich heran, dass sich mein Blut sammelt und nach außen presst. In seine Richtung! Ich zwinge mich, die Augen nicht zu schließen, und halte die Luft an, um seinen Geruch nicht einzuatmen. Diesen Duft ...

»Du hast mein Vertrauen ausgenutzt.«

Mr Darcys hochgezogene Augenbraue lässt mich völlig kalt. »Im Krieg und in der Liebe ist alles erlaubt.« Napoleon musste es schließlich wissen, und ich teile diese Aussage zu einhundert Prozent. Gabriels aufgerissene Augen werde ich nicht so schnell vergessen, meine Verzweiflung über die Situation ebenfalls nicht.

Ich stehe knietief in der Scheiße!

Nein, das beschreibt nicht annährend meine Situation. Darcys bernsteinfarbene Augen beginnen, sanft zu glühen, eine Spannung baut sich in diesem kargen holzverschlagenen Raum auf, meine Haut kribbelt. Ich weiß, wo ich mich befinde, und die Tatsache verschlägt mir den Atem. Dies ist nicht nur einfach ein Raum. Ich zerre wieder an meinen Fesseln, obwohl mir klar ist, dass ich mich niemals befreien kann.

»Ja, Madame. Jetzt habt Ihr es verstanden.«

Ich bin in der Hölle und mein Vater ist auf dem Weg zu mir.

Malena sorgt auch im zweiten Teil für Chaos.

Coming soon ...

Zur Autorin

Alexandra Mazar alias Alex Miller passt in keine Schublade. Die gebürtige Landshuterin schreibt Entwicklungsromane, Beziehungsdramen sowie Gedichte mit derselben Leidenschaft und literarischen Hingabe, wie sie als Alex Miller ihre LeserInnen mit bitterbösem Humor in die Welt des skurrilen Horrors entführt.

Ihr Debütroman »Die Farben des Verzeihens« ist ein herausragendes Drama vor der exotischen Kulisse Granadas, wo sie mehrere Jahre lang lebte. Mit der temporeichen Roadnovel »Roadkill« zeigt die vielseitige Autorin eine furiose, blutige Seite im Stil Tarantinos. Seit 2018 veröffentlichte sie drei Kurzgeschichten in der mehrteiligen Anthologie »Tschüsschen, Tschüsschen«. Im Frühjahr erschien ihr erster Gedichtband »Und so stieß ich mir mein Herz an dir« sowie nun der schwarzhumorige Dark-Fantasy-Roman »Malena – Ein Hauch von Hölle«. Die Fortsetzung ist bereits in Arbeit, ebenso weitere Kurzgeschichten für den STRANGE TALES CLUB.

STONE

STONE – Gerechtigkeit gibt es nur in der Hölle
Alexander Kühl

Ausgerechnet im Finale der deutschen Meisterschaft verliert Robert Stein seinen ersten Box-Kampf. Dabei zieht er sich eine schwere Kopfverletzung zu, die das Aus seiner Karriere bedeutet. Durch Zufall erfährt er von einem Auswanderer, der in Nordamerika Schaukämpfe veranstaltet und damit jede Menge Geld verdient. Stein nimmt den Namen Rob STONE an und geht einen Deal ein, der sein Leben für immer verändert. Während einem dieser Kämpfe wird Stone von der Organisation »Vanessa« rekrutiert, die vermisste Kinder aufspürt und ehemalige Kampfsportler zu erbarmungslosen Söldnern ausbildet. Stone soll eine dieser kaltblütigen Kampfmaschinen werden. Gerechtigkeit gibt es nur in der Hölle …

Stone war wie gelähmt. Seine Muskeln schmerzten, als er versuchte, sich zu bewegen. Verschlafen rieb er sich über die Augen. War da nicht gerade ein Geräusch gewesen? Verdammt, er hatte wach bleiben wollen, um auf Cat zu warten, bis sie von ihrem Rettungseinsatz zurückkehrte.

Nach einem Glas Whiskey mit Gizmo an der Bar war er allerdings so müde gewesen, dass er sich hingelegt hatte. Ihm ging es furchtbar. Jeder Knochen tat ihm weh, er hatte das Gefühl, nie wieder aufstehen zu können.

Etwas polterte im Bad, kurz darauf hörte er Würgelaute. Stone erhob sich schwerfällig vom Bett. Seine Füße schlurften über den Linoleumboden, während er sich im Dunkeln mühsam Richtung Toilette bewegte. Licht schimmerte durch einen Spalt hindurch. Als Stone sanft gegen die Tür tippte und diese sich weiter öffnete, erkannte er Cat, die über der Kloschüssel hing und sich übergab.

»Alles in Ordnung, Babe?«

Wieder würgte sie und presste den Mageninhalt nach draußen. Hektisch hob sie die Hand, um ihm zu signalisieren, dass er im Moment mit keiner Antwort rechnen könne. Stone ließ sie allein und wartete vor der Badezimmertür. Nach einer Weile schien sich ihr Magen beruhigt zu haben. Sie betätigte die Klospülung und wusch sich das Gesicht.

»Geht es dir besser?«

Während Cat ins Schlafzimmer trottete, murmelte sie mehr zu sich: »Das sind keine Menschen.«

»Was ist passiert?«, wollte Stone wissen, holte zwei Gläser aus dem Schrank und füllte sie mit Whiskey. Als er keine Antwort erhielt, fragte er nach: »Willst du nicht darüber reden?«

Dankend nahm Cat das Whiskeyglas entgegen und trank gierig Schluck für Schluck.

»Ich weiß nicht, ob ich darüber reden kann.« Sie setzte sich aufs Bett und lehnte sich an ihn. Stone strich ihr sanft durch ihre Locken und liebkoste ihre Stirn. Cat zog die Beine an und hielt das Whiskeyglas wie eine Teetasse, an der man sich an kalten Tagen aufwärmte.

»Das sind keine Menschen. Zu so etwas können Menschen nicht fähig sein.« Ihre Stimme war kraftlos und zitterte. Stone hatte keine Ahnung, was Cat in den zurückliegenden Stunden gesehen hatte, er wusste nur, dass es schlimm gewesen sein musste. Schlimmer als alles, was sie jemals erlebt hatte. Zwischen Satzfetzen wie: »Das sind Drecksschweine!« oder »Es ist so surreal!« genehmigte sie sich immer wieder einen Schluck Whiskey. Stone zog die Bettdecke zu sich und legte sie über Cats Schultern. Er schwieg und drückte die vor Wut und Entsetzen zitternde Frau behutsam an sich. Er hatte keine Idee, was jetzt das Richtige wäre oder wie er sich verhalten sollte. Nachdem Cat das Glas geleert hatte, begann sie zu erzählen – erst zögerlich, dann drang es förmlich aus ihr heraus.

»Diese Bilder ... bekomme ich nie wieder aus meinem Kopf. Selbst wenn ich die Augen schließe, sehe ich auch jetzt noch jedes absurde Detail vor mir. So etwas brennt sich in deine Seele, nicht wahr? Vielleicht ist es das Bild, was ich in der Ewigkeit immer vor mir sehen werde.«

Ihre Stimme überschlug sich im hektischen Redefluss. Kaum etwas von dem, was sie sagte, ergab einen Sinn. Immer wieder streichelte Stone ihren Kopf. Er spürte, wie sie litt.

»Weißt du, wie das ist, wenn dein Verstand dir sagt, dass das, was du siehst, nicht sein kann? Es ist, als wenn du die Grenze des Unmöglichen sprengst, und dies ist nur möglich, weil gleichzeitig dein Geist abstumpft.«

»Ich weiß es nicht, Babe. Ich habe aber die Befürchtung, dass es nicht mehr lange dauert, bis ich verstehe, was du meinst.«

Ein heißer Tropfen fiel auf seine Hand. Eine Träne, die von Cats Wange gerollt war. Ihr folgten weitere. Sanft legte er die Arme um sie, zog ihren bebenden Körper dicht an sich.

»Was ist passiert, Babe?« Er sprach langsam, als wäre er ein Souffleur im Theater, der den Text vorsagt. Cat holte tief Luft und wischte sich die Tränen vom Gesicht.

»Wir konnten kein einziges Kind retten. Eins lebte noch, als wir eintrafen. Es starb auf der Fahrt.«

Ihre Stimme brach. Cat griff nach Stones Hand und drückte sie mit ganzer Kraft an ihre Brust. »Als wir das Haus stürmten, sahen wir in fast jedem Raum Männer, die sich an jungen Mädchen zu schaffen machten. Diese Dreckschweine störte es nicht, dass die meisten Körper, in die sie ihre Pimmel steckten, bereits leblos waren. Vermutlich sind die Mädchen über Wochen unter Drogen gesetzt worden, trotzdem muss es für sie die Hölle gewesen sein.«

Stone schluckte. »Was sind das für Tiere?«

»Tote Tiere! Sie hätten ihre Waffen nicht überall liegenlassen sollen. Wir haben alle liquidiert. Einen nach dem anderen. Keiner von diesen Ungeheuern wird jemals wieder Schaden anrichten.«

»Willst du noch einen?«

Cat nickte und reichte ihm das leere Whiskeyglas. Stone erhob sich, ging zur Kommode, auf der er die Flasche abgestellt hatte, und schenkte nach. Ausdruckslos nahm Cat das Glas entgegen und leerte sofort die Hälfte des Inhalts.

»Es ist gut, dass wir hier sind. Wir werden diese Schweine alle töten und damit die Erde sicherer machen.«

Stone nickte. »Ja, das ist es. Deswegen sind wir hier.«

STONE kommt – im Mai 2019

Besucht Alexander Kühl auf Facebook:
www.facebook.com/alexander.frost.9256
www.facebook.com/groups/714793558880391

George & Rose

Interview mit Georg Adamah und Mari März

Wie genial ist das denn? Georg Adamah und Mari März schreiben ein Buch zusammen! Und hier und jetzt darf ich die beiden zu diesem großartigen Projekt befragen.

Mari: Wir kennen uns nun schon seit mehreren Jahren, waren sogar zusammen im kreativen Kurzurlaub. Ich kenne all deine Werke und bin immer wieder begeistert von deinen starken weiblichen Protagonisten. Jetzt erschaffst du mit der Tochter deiner ROSE VON BITTERFELD *einen neuen Charakter. Wer ist deine Rose, wie ist sie?*

Ja, liebe Alexandra. Ich bin sehr glücklich, dass wir uns kennen. #BookBitches und so. Großartig! Nun, meine Rose ... Sie ist ganz Mamas Tochter. Eine Frau, die auf bizarre Weise aus der Not eine Tugend macht. Ihre Mutter wollte natürlich, dass Rose den Familienbetrieb in Bitterfeld übernimmt, in ihr morbides Geschäft einsteigt, aber Bio-Recycling und Leichenschreddern waren nichts für sie. Rose fängt lieber die bösen Jungs und nutzt sie bisweilen für ihre Zwecke. Als Polizistin in einem System, das von Kriminalität und Korruption geprägt ist, hat sie alle Hände voll zu tun. Allerdings ist Rose keine klassische Heldin, sie bricht Normen, verstößt gegen Konventionen und bleibt doch Teil dieses Systems, Teil einer kalten Welt, in der die Liebe verlorengeht wie Tränen im Regen.

Georg: Auch uns beide verbindet so einiges. Immer wieder kreuzten sich unsere Wege bei anderen Projekten, aktuell im STRANGE TALES CLUB. Ich liebe deine Geschichten, deinen herausragenden Schreibstil und natürlich Dschordsch. Was unterscheidet nun George vom Original?

Das ist eine sehr interessante Frage. Zunächst gibt es den Schriftsteller Georg Adamah, der führt gerade ein Interview. Dann gibt es die Romanfigur Georg Adamah, den Protagonisten aus LILITHS TÖCHTER, ADAMS SÖHNE und darüber hinaus gibt es in unserem neuen Roman WIE TRÄNEN IM REGEN eine Hauptfigur George, die zwar als Nachfahre des Schriftstellers konstruiert ist, aber schon sehr deutliche Unterschiede im Charakter zu seinem Vorfahren aufweist. George ist zwar wie sein Urahn ein Macho, aber George ist zudem ein echter Badass, ein knallharter Draufgänger und Provokateur, der sich immer wieder gern über Regeln hinwegsetzt.

Mari: Wie seid ihr darauf gekommen, dieses Buch zu schreiben?

Im November 2018 sprachen Georg und ich am Rande der BuchBERLIN darüber, unsere Charaktere fiktional aufeinandertreffen zu lassen. Damals war das mehr oder weniger eine fixe Idee. Nachdem ich so wundervolle Feedbacks für meine ROSE VON BITTERFELD bekam, hatte ich einfach Lust, aus der Figur mehr zu machen. Und auch Georg spielte seinerzeit mit dem Gedanken. Schließlich schickte er in einer Kurzgeschichte seinen Georg Adamah jr. in die Zukunft. Nun lassen wir uns endlich gemeinsam auf dieses Abenteuer ein und hoffen, im November 2019 liefern zu können. Ich bin sehr zuversichtlich. Georg und ich haben uns im letzten Jahr näher kennen und persönlich wie auch literarisch schätzen gelernt. Unsere Schreibstile und Vorstellungen harmonieren. Wir sind ein tolles Team. Ich freue mich sehr auf George & Rose.

Georg: Welche literarischen oder auch medialen Vorbilder hat die Geschichte? Worum geht es?

Die Geschichte spielt im Jahr 2049. Zu dieser Zeit sind sexuelle Beziehungen zwischen Menschen verboten. Für Sex gibt es Androiden. George ist ein Privatschnüffler, der gerade erst aus dem Gefängnis entlassen wurde. Er hat zwei Jahre für unerlaubten Geschlechtsverkehr mit einer Frau gesessen. Rose ist Polizistin, die als Sex Androidin getarnt undercover einen Mord aufklären soll. Als ein neuer Fall auch George ins Rotlichtmilieu führt, treffen die beiden aufeinander. Tja, und dann passiert ’ne ganze Menge, aber was, das wird noch nicht verraten.

Literarisch stellen wir uns das Ganze so als Mischung aus Hardboiled Genre und Roman Noir Stil vor, wobei ich mir im Augenblick auch eine gehörige Dosis der Stimmung wünsche, die in den Büchern von Patrick Modiano zu finden sind. Und wie der Titel und die Thematik mit den Androiden schon verraten, gibt es auch Anklänge an Science Fiction Filme, vor allem an Blade Runner.

* * *

Oha! Das lässt auf einen absoluten Pageturner hoffen. Ich freue mich sehr, GEORGE & ROSE – WIE TRÄNEN IM REGEN endlich lesen zu dürfen und euch zur BuchBERLIN 2019 wiederzusehen, wo ihr daraus vorlesen werdet. Ich übrigens auch aus meiner MALENA und sicherlich aus der ersten Anthologie vom STRANGE TALES CLUB.

Das wird episch. Mindestens!

Wir lesen uns ...

Weitere News & Facts findet ihr übrigens bei Facebook, Instagram und Twitter sowie auf www.mari-märz.de.

www.facebook.com/georg.adamah
twitter.com/GeorgAdamah
www.instagram.com/georgadamah/
www.facebook.com/marimaerz

twitter.com/mari_maerz
www.instagram.com/mari_maerz

Strange Tales Club

Was ist das? Schon wieder was Neues? Die tausendste Anthologie? Dabei mag ich doch gar keine Kurzgeschichten.

Nun, diese hier wirst du lieben!

Und nicht nur das, denn der STRANGE TALES CLUB ist mehr als nur eine Anthologie. Ab sofort nehmen wir uns die Freiheit, gemeinsam Großes zu wagen, Grenzen zu sprengen ... Wir werden nicht nur einfach burleske Geschichten schreiben, die dich unterhalten, berühren, bewegen, sondern ein Zeichen setzen für mehr Miteinander, mehr Kreativität, mehr Vielfalt. In einem Autorenkollektiv ohne Hierarchien widmen wir uns der Kunst des Schreibens und werden dir und der Welt da draußen zukünftig in verschiedenen Genres und mit stetig wechselnden Gastautoren außergewöhnliche Anthologien präsentieren, die ihres Gleichen suchen.

Strange Tales Club

das Autorenkollektiv

Folge uns auf Facebook, Twitter und Instagram. Begleite uns auf einer wahnwitzigen Reise durch die Vielfalt der Literatur. Sei dabei und erlebe hautnah mit, wie aus Visionen Geschichten werden ...

Willkommen im STRANGE TALES CLUB!

www.facebook.com/STCAutorenkollektiv

twitter.com/STC_Autoren

www.instagram.com/strangetalesclub

Danksagung

Ich gebe zu, dass meine Familie während der Fertigstellung dieses Buches eventuell ein klitzekleines bisschen in den Stress involviert war, der damit zusammenhing. Ich danke euch für die Ruhe und wunderbaren Gespräche, die ihr während dieser Zeit mit mir geführt habt, um mich aus diesem höllischen Wahnsinn zu reißen.

Meiner Tocher Sarah, die ständig zu allen Tages- und Nachtzeiten meine Kapitel gelesen hat, manche Szenen verstörend fand und nie oder fast nie genervt von mir war.

Meinem Sohn Julius, der das Wort »Mutter« auf so viele unterschiedliche Arten aussprechen kann, dass Malena es unbedingt übernehmen musste.

Meinem Mann Goran, der auch beim tausendsten Probelesen gelacht hat und ein großer Fan von Mr Darcy ist. Ich kaufe dir trotzdem keinen Gehrock.

Ich bedanke mich ebenfalls bei der Pizzeria unseres Vertrauens, ohne deren Lieferdienst meine Kinder wahrscheinlich verhungert wären.

Was wäre ein Buch ohne einen Titel, was wäre ich ohne meine Freundin und Autorenkollegin Carola Leipert? Sie schenkte mir »Ein Hauch von Hölle«. Du bist eine Wortakrobatin. Leute, lest unbedingt ihre Bücher!

Herrn Georg Adamah habe ich zu danken für die Beantwortung meiner Notrufe, für seine Hilfe beim Klappentexten und Plotten. Danke auch für die vielen Motivationsfotos diverser alkoholischer Getränke. Der Whiskey Sour ist für dich.

Meiner Lektorin, Freundin und Autorenkollegin Marion Mergen (Mari März) danke ich für die Unterstützung und konstruktive Kritik. Ick liebe dir!

Meinem Brüderchen im Geiste Andreas März danke ich ebenfalls, weil ich ihn immer alles fragen kann und er mich voller Tatendrang unterstützt.

Mein Dank gilt allen Bloggern und Vorablesern.

Ihr seid klasse!

Mein größter Dank gilt dir, lieber Leser, liebe Leserin. Wir Autoren wären nichts ohne euch!

Ich hoffe, ich konnte dich zum Lachen bringen und du hast Malena genauso wie ich ins Herz geschlossen.

Ihr Abenteuer geht weiter ...

Alex Miller, im April 2019

Printed in Poland
by Amazon Fulfillment
Poland Sp. z o.o., Wrocław

50278594R00108